Den farlige alder

*Min svoger
forfatteren Joost Dahlerup
tilegnet.*

Karin Michaëlis

Den farlige alder

Breve og dagbogsoptegnelser

imprimatur

Karin Michaëlis: Den farlige alder
Breve og dagbogsoptegnelser
1. udg. 1910, rev. udg. 2020
imprimatur
© 2020 Michaëlis, Karin
Forlag: BoD – Books on Demand, København, Danmark
Tryk: BoD – Books on Demand, Norderstedt, Tyskland
ISBN: 9788743026631

Kære Lili!

Det havde været mest passende, om jeg selv havde overbragt dig nyheden for ret at svælge i din forfærdelse, men jeg nænnede det ikke.

Skøn på æren, jomfru Blidelil, du er den eneste, som erfarer noget direkte gennem mig. Men jeg véd jo, du dømmer ikke, det er din store fejl og din største dyd, at du finder alt, hvad alle foretager sig, ret og rimeligt, du, der selv bare er din mands umådelig forelskede kone og hans børns omhyggelige kyllingemor.

Du er så god, Lili, men du har jo heller ikke grund til andet. For dig er tilværelsen som én lang behagelig dag tilbragt i en hængekøje under et skyggefuldt træ — med din mand ved hovedgærdet og ungerne ved fodenden.

Du burde være storkemor og bo i et vognhjul på et bondetag.

For dig er livet dejligt og alle mennesker engle. Du er født med dit på det tørre og uden anfægtelser, uden andre passioner end de lovformelige. Når du bliver firsindstyve år, vil du stadig være din mands dydsirede elskerinde.

Mærker du, hvor jeg misunder dig? Ikke din mand, ham må du gerne beholde, heller ikke dine lange døtre, jeg ville nødig være fem gange svigermoder, hvad du jo risikerer, men din velsignede ligevægt. Din uafrystelige livsglæde.

Jeg har spleen i dag, vi har været til middag to dage i træk, og du véd, jeg tåler ikke det stærke lys og al den støj.

Og nu skal vi ikke mere ses, du og jeg. Det bliver helt underligt. Vi havde dog så meget godt til fælles foruden vor fede skrædder og massøsen med de glinsende hænder. Ja, ja, hende kan vi nu takke for vore slanke hofter.

Jeg vil savne dig. Hvor du var, blev der altid lunt, jeg tror, om du så sad på toppen af Brocken-Bloksbjerg, det goldeste jordens sted jeg véd.

Lili Rothe, min kære kusine, bliv nu ikke altfor betuttet: Richardt og jeg skal skilles.

Eller rettere, vi er blevet det.

Ved justitsministerens venlige hjælp gik det hurtigt og lydløst, som du ser. Efter toogtyve års ægteskab, hvis mønsterværdighed kun overflyves af dit, går vi altså hver til sit.

Du vil græde, for du er sådan en gudhengiven god sjæl, Lili, men du kan spare dine tårer. Du holder jo af mig, og når jeg siger dig, at sådan er det bedst *for mig*, vil du vel tro mit ord og slå dig til tåls.

I og for sig er der ingen grund, ikke nogen grund som man kan tage og føle på. Richardt har ingen elskerinde, så vidt jeg da véd, og jeg ingen elsker, og vi er ikke blevet gale eller religiøse. Der er ikke fnug af skandale ud over den skandale altså, at et par halvgamle mennesker pludselig bryder af midt i legen.

Det har kostet min forfængelighed uhyre at gøre

dette skridt. Jeg, der alle dage har sat en ære i at være og anses for uangribelig, jeg, der er museangst for folks dom, jeg udsætter mig nu for den argeste sladder.

Jeg, der hidtil har hævdet, at et ulykkeligt ægteskab var tifold at foretrække for slet intet, og at en ugift eller fraskilt kvinde med rette førte en halv pariatilværelse, jeg, der har forfægtet, at skilsmisse var en utilbørlig tåbelighed, når ikke parterne var ganske unge — jeg går nu ud af et fuldkommen harmonisk og lykkeligt ægteskab.

Du vil indse, tilfældet er alvorligt.

Et helt år har beslutningen været taget, og når jeg tøvede så længe med at føre den ud i virkelighed, var det dels for at prøve mig selv, dels af praktiske hensyn. Jeg er jo nemlig praktisk og kunne ikke ret tænke mig at spadsere bort fra Gammeltorv uden at vide, hvorhen jeg ville gå.

Min grund er så simpel og klar, at den kun vil tilfredsstille de færreste, men hvad skal jeg gøre, når jeg nu ikke har nogen anden?

Du véd jo da, du som alle I andre, at Richardt og jeg havde det så godt med hinanden, som vel overhovedet to mennesker af forskelligt køn kan have det. Der har aldrig været et ondt ord imellem os.

Men jeg har nu fået det indfald, eller hvad du vil, at *jeg må leve alene*. Helt alene for mig selv og med mig selv. Kald det en absurd idé, et umuligt indfald, kald det hysteri, hvad det måske også er — jeg må bort fra mennesker, ud af det hele. For Richardt er det en skuffelse, men jeg håber, han nogenlunde snart kommer over den. Fabrikken vil nok i længden kunne erstatte mig ...

. . . Vi har gået så pænt stille dermed. Festen ude på landstedet i forrige uge var en slags afskedsforestilling. I mærkede ikke noget, vel? Vi er dannede mennesker, skulle jeg mene.

Når jeg nu allerede i aften rejser, er det ikke blot — men også — for at være over alle bjærge, når sladderen begynder at spy, men jeg længes så ubeskriveligt efter at prøve ensomheden.

Jørgen Malthe har tegnet og ladet opføre en lille villa for mig — i den tro, den var til en anden.

Villaen ligger på en ø, hvis navn jeg foreløbig ikke nævner. Der er otte alen til loft og i spisestuen plads til seksogtredive. Jeg får kun to stuer, men hvad mere behøver en fraskilt dame i min alder? Resten er små kamre ovenpå med karnapper og altaner.

Mit soveværelse bliver helt aparte med glastag som et atelier. Også en af mine sære ideer at ville have himlen lige over min seng. Jeg tror, det er sundt for nerverne, og mine er i en skrækkelig forfatning.

Så herefter kan jeg jo i mangel af de kære mænd flirte med vorherres små stjerner.

Villaen udmærker sig ellers ved sin kønne beliggenhed, sin kastelagtige arkitektur og sin — husk vel på det — storartede ugæstfrihed. Hækken om haven er næstendels høj som muren om kvindefængslet på Kristianshavn, porten er aldrig åben, og portner findes ikke. Skoven går lige ind til haven, haven lige ud til vandet. En særling ejede grunden og boede i en rønne så grøn og overgroet, at jeg har ladet den stå.

Aldrig har jeg glædet mig til noget som til dette eneboerliv. Jeg har fæstet en imponerende køkkenånd,

Torp ved navn, hun synes at kende alle landes kokkekunst som sit fadervor. Det er nemlig ikke min hensigt at leve af vand og brød og dyd alene.

Tjener opgav jeg, skønt jeg jo har en faible for mandlig opvartning. Men hartkornet er ikke til tjener. For øvrigt aner jeg ikke, hvordan mine rentepenge forslår. Men jeg vil nødig tage imod Richardts ædelmodige tilbud om årspenge.

Så har jeg antaget en stuepige, der hedder Jeanne, hun har de kønneste ræveøjne og skingrende rødt hår, dertil spidse, velplejede fingre, som jeg ikke begriber, hvor hun har fra. De to bliver min eneste omgang, så jeg får lov at tære på mig selv.

Kære Lili, gør hvad du kan for at nedslå den mest lurvede sladder, nu *du véd* sammenhængen. I dybeste fortrolighed endnu dette, som jeg *forbyder* dig at meddele din mand: Jørgen Malthe, det kære menneske, har jo, hvad I alle har moret jer over, beæret mig med sit ungdommelige sværmeri. Han vil muligvis på ægte mandfolkemanér blive ude af sig selv over min mærkelige retræte. Vær lidt venlig mod ham, og forklar ham, at der ikke er nogen som helst mystisk grund dertil.

Senere, når jeg er kommet lidt i ro, vil jeg blive meget glad for brev fra dig, skønt jeg jo forudser, at de fem dele handler om dine børn og den sjette om din mand, medens jeg hellere ville have alle seks om dig — og den rare by samt dens leben und treiben. Jeg går ikke i kloster, så jeg kan godt tåle bynyt.

Du ville, hvis du var her, spørge, hvormed jeg dog vil få tiden til at gå. Kære, klædeskab og spejl forlader mig ikke, desuden har tiden jo den evne at kunne gå uden at skulle trækkes op. Jeg har jo skov og have, klaver og hus, kniber det endelig, kan jeg give mig til at brodere tunger til Torpens linned!

Skulle det ske, hvad gud forbyde, at et lyn ramte mig, eller jeg fik hjerteslag, så jeg døde inden ret længe, vil du da ikke nok som min kusine og nærmeste veninde påtage dig at "rydde op" efter mig? Der bliver næppe nogen uorden, men alligevel — for en ordens skyld. Jeg kunne ikke lide at have Richardt til at fingre ved mine papirer. Nu, vi ikke mere er "gift med hinanden". Dig ønsker jeg alt godt.

Din Elsie Lindtner.

Min egen kære ven og forhenværende husbond!

Er det ikke en stilfuld overskrift? Og er du ikke rørt over i en fremmed by at få blomster fra en dame? Bare de folk nu forstod mit tyske og sendte dem i tide.

Et øjeblik glimtede den smukke tanke gennem min hjerne at hilse dig velkommen på samme måde i alle de byer, du agtede dig til, men da jeg jo ikke véd blomsterhandleradresser ud over højst i hovedstæderne, og er *alt for* doven til at skaffe mig dem, opgiver jeg den skønne letsindighed og noterer den kun som "havende været".

Skal jeg være helt ærlig, Richardt, så skammer jeg mig for dig, og jeg kan trøstig sige, at jeg aldrig har skattet dig så højt som nu. Men det kunne ikke være anderledes, og du bør sætte din *vilje* ind på at gøre dig fortrolig dermed. Havde jeg ladet mig overtale, og var jeg blevet hos dig, efter at denne min trang til ensomhed havde gjort sig gældende, jeg ville jo have pint dig og plaget dig hver time på dagen.

Kæreste, bedste ven, der er noget i, hvad en eller anden engang har sagt: Enten egner en kvinde sig for ægteskab, og da er det så omtrent lige meget, med hvem hun bliver gift, hun skal nok vide at opfylde sin bestemmelse — eller hun egner sig ikke derfor, og da begår hun en forbrydelse mod sit eget væsen ved at binde sig til en mand.

Jeg egner mig åbenbart ikke til at være gift. Gjorde jeg det, *måtte* jeg for tid og evighed have været tilfreds hos dig, og du véd, jeg var det ikke. Men skylden var ikke din. Jeg ville ønske — i dybeste alvor sagt — at jeg havde noget at bebrejde dig. Jeg har intet. Ikke i nogen retning.

Det var en stor fejl — en stor fejhed — at jeg i aftes gav dig det løfte at vende tilbage, hvis jeg fortrød min beslutning. *Jeg véd*, jeg kommer aldrig til at fortryde den. Men ved at afgive et sådant løfte hindrer jeg dig jo formeligt i . . . ja, undskyld, kære ven, men jeg mener nu ikke, det var nogen umulighed, at du traf en kvinde, der kunne blive noget for dig. Vil du give mig det løfte tilbage, er jeg dig taknemmelig. Så først vil jeg føle mig helt fri.

Når du kommer tilbage, og vennerne trænger ind på dig med fritten og deltagelse, vær da standhaftig. Det ville beskæmme mig dybt, om nogen — dette nogen gælder uden undtagelse *alle* — fik indblik i, hvad vi har haft sammen af godt og ondt. Forbi er forbi, og ingen vil kunne forstå, hvad der foregår mellem to mennesker, selv ikke om de overværer det.

Tænk på mig, når du sætter dig til bords. Klokken otte bliver sandsynligvis min fremtidige sengetid, til gengæld står jeg nok op med eller før solen. Tænk på mig, men skriv ikke alt for ofte. Jeg må først i fuldkommen ro leve mig ind i min nye tilværelse, senere skal jeg med glæde give dig et resumé af alle de dårskaber, et kvindemenneske begår, når hun pludselig i en høj alder bliver sin egen herre.

Vil du lyde mit råd, så siger jeg altid og for tyvende gang: Bliv ved at samle vennerne om dig. Du kan ikke være dem foruden, og du behøver da ikke at gennemføre sørgeår med flor om kronerne og evighedsblomster om mit billede.

Du har været mig en god og fin og trofast ven, og så tarvelig er jeg heller ikke, at jeg ikke véd at påskønne det i mit hjerte; men dit højmodige tilbud om penge kan jeg ikke gå ind på. Jeg siger det først nu, da jeg véd, du ellers ville prøve at overtale mig. Renterne af min lille kapital er og skal være tilstrækkelige til mit udkomme.

Om en time går toget. Richardt, du har din forretning, og du har vennerne, du har så mange venner som ingen anden, jeg véd. Vil du mig vel, så ønsk, at jeg aldrig skal fortryde. Jeg ser på mine hænder, som du holder så meget af — kunne jeg give dig dem! . . .

En mand må ikke falde sammen. Det ville krænke mig, hvis man ynkede dig. Dertil er du meget for god.

Naturligvis havde det været bedre, som du sagde, hvis en af os var død. Men så måtte du da ofre dig for evigheden, for jeg har nu stort mod på min ø.

I tyve år har jeg levet "under dine vingers skygge" på Gammeltorv, om jeg nu i andre tyve år kunne leve formælet med ensomheden under de store træer!

Hvor de vil snakke, alle de, som snakke kan! Men vi smiler ved tanken, som de kloge folk vi er.

Richardt, tilgiv mig nu og hver dag den sorg, jeg nødes til at forvolde dig. Kunne jeg, var jeg blevet.

Tak for alt.   *Elsie.*

At mine følelser døde, er mig selv lige så ubegribeligt som dig. Ingen anden mand har optaget blot en tomme af mit hjerte. Det er såmænd, når alt kommer til alt, en ren og skær sygdom i nerverne, men den er uhelbredelig, desværre.

Kære Malthe!

Vi to er jo venner, og jeg mener, vi bør vedblive dermed, selvom tilfældet skiller vore veje. Bliver De nu, med nogen grund, vred på mig, da er venskabet brudt, for der gives ingen senere lejlighed til forsoning.

Når jeg i en ret vigtig sag som denne ikke blot har forholdt Dem sandheden men med overlæg har ført Dem bag lyset, kommer det hverken af mangel på tillid eller venskab. Jeg beder Dem, tro det. At jeg end ikke nu kan udlevere Dem grundene, gør det yderligt vanskeligt at retfærdiggøre min handlemåde. Altså må De nøjes med at tro mig på mit ord: Jørgen Malthe, jeg havde gerne skænket Dem min fulde åbne fortrolighed, men det er umuligt. Jeg kan ikke lade nogen se helt ind i mig, kald det så særhed eller hvad De vil.

De har ikke glemt den septemberaften i fjor, da jeg første gang talte til Dem om min veninde, der ville skilles og gennem mig bad Dem tegne hende en villa, hvor hun kunne bo i ensomhed resten af sin tid. De greb tanken om denne ensomhedsbolig så forstående an, at Deres udkast og plan kom idealet nær. Hver gang vi i det forløbne år var sammen, drøftede vi "den hvide villa", som vi kaldte den, og vi havde megen fornøjelse af denne lille fælles hemmelighed. Ikke mindst, da det også blev Dem overdraget at ordne husets indre, tegne bohave, bestemme farver og udsmykning. De fandt en virkelig glæde i dette arbejde, skønt det ærgrede Dem slet intet at kende personligt til det menneske, for hvem De arbejdede. De husker måske, at jeg spøgende et par gange sagde: — Lad, som om det er til mig! Jeg i hvert fald har ikke glemt Deres senere ytring: — Det er mig imod, at et fremmed væsen skal rykke ind i det hjem, der er lavet med Dem for øje!

Døm selv, Malthe, hvor pinligt det var mig at lade Dem blive i vildfarelsen. Men jeg kunne ikke dengang tale, jeg havde forpligtelser over for Richardt. Derfor undgik jeg Dem i sommer, jeg kunne ikke vedblive at lyve.

Det er mig, *mig*, der skal bo i "den hvide villa". Alene skal jeg bo der.

Det nytter ikke, jeg siger: — Tag det ikke fortrydeligt op. De ville ikke være den, De er, ifald De ikke gjorde det.

De er ung, De har livet i vente, og jeg er gammel. Jeg *er* jo nemlig gammel, om få år så gammel, at De slet ikke vil kunne begribe, der var en lang tid, hvor jeg for Dem var "den eneste". Ikke for at krænke Dem nævner jeg den ungdom, der af hensyn til mig er Dem forhadt. Jeg véd, De er ikke flygtig, men jeg véd også, at livets love og livets gang er ubønhørlige.

Når jeg nu som fraskilt flytter ind i det hjem, De har skabt, vil jeg daglig mindes Dem og i tankerne sige Dem den tak, der her på papiret virker så koldt.

Jeg forbyder Dem ikke at skrive til mig, men jeg ønsker, De ud over måske et levvel vil forholde Dem tavs.

Breve mellem os vil dog ikke kunne give blot afglansen af de gode timer, vi har haft sammen, de timer, hvor vi talte om alt men mest om slet ingenting. Jeg tror, vi var meget lidt åndfulde i hinandens selskab, og dog kedede vi os ikke. Bliver dette Dem både en krænkelse, en skuffelse og en sorg, giv Dem da hen i arbejdet, så jeg i min ensomhed fremdeles kan være stolt af Dem. De har lært mig at bruge mine øjne, og der er meget, meget jeg endnu kunne have lyst at se, thi jeg har også lært af Dem, at verden er dejlig. Men for mig er det klogest at lade alt blive ved bestemmelsen. Nu lukker jeg mig inde i min hvide villa, og dermed er min saga forbi.

Deres Elsie Lindtner.

Ved at gennemlæse brevet fornemmer jeg, at det er tørt og uden varme. Men det er mere vanskeligt at skrive et sådant brev til en nær ven end til en ligegyldig fremmed.

Landet på min ø, krøbet ind i min hule.

Det var den første dag; gud bedre mig for de kommende!

Foreløbig finder jeg alt modbydeligt, fra stanken af det nye træ og de våde tapeter til regnens skvaldren over mit hoved.

At jeg også skulle få den tåbelige idé med glastag i sovekammeret! Jeg føler det, som stod jeg under en paraply, der hvert øjeblik kan ventes blødt igennem. I løbet af natten sker det vel, at ruderne bliver utætte, så jeg vågner i en pøl.

Hvis jeg overhovedet falder i søvn! Mit hoved brænder af træthed, men jeg tænker ikke på at gå i seng.

Et helt år har jeg haft at overveje, og nu begriber jeg ikke min egen handlemåde. Sæt det hele var en dumhed! En godt gennemtænkt og ganske uoprettelig dumhed! Et puds spillet af oprevne nerver! Sæt ... sæt ...

Jeg føler mig ene og viljeslammet. Jeg gruer ... Men skridtet er gjort, det kan ikke tages tilbage. Og det må ikke fortrydes.

Jeg er klam helt ind i ryggen af al den regn. Den ophidser mig, den plager mig.

Og hvordan vil det gå at være henvist til to kvindemennesker, med hvem jeg kun har kønnet til fælles! Ingen at tale med, ingen at se på. Jeanne er ret indtagende, det er hun, men tale med hende kan jeg dog ikke. Og Torp — Torp passer i sin kælder som en dværg i sit bjærg. Hun ser ud, som kunne hun alene forsyne et helt lavland med afkom. Hendes korset er skævt både for og bag . . .

Aldrig har jeg været så flov og ageret så overlegen, som da vi sjappede gennem den opblødte have ind i det tomme hus, hvor ikke en blomst bød velkommen. Stuerne er for store og for tomme. Det burde jeg betænkt i tide.

Men decorum *skal* jo overholdes, og min entré var for så vidt god nok.

Åh den regn, den regn. Torp og Jeanne roder endnu, de agter vel at rode den halve nat, som om vi ventede gæster den dag i morgen. Jeg pakker ud og holder op, pakker ud og holder op, og forfærdes over min garderobe. Det havde været klogere at skænke den bort til en af de yndige velgørenhedsforestillinger. Mig kan den hverken gavne eller glæde her. Sort merino og hvidt uldsjal, det er hvad jeg behøver.

Ved gud, jeg ønsker, jeg i dette øjeblik sad på Gammeltorv, selv om jeg ikke havde andre at kede mig med end Richardt.

Hvad skal jeg her? Hvad vil jeg her?

Græde uden at skylde nogen regnskab for grunden . . .

Naturligvis kommer det kun af den regn.

Jeg har jo længtes efter dette. Og det er ikke blot et hysterisk indfald. Åh nej.

Jeg har ladet mig godt nok mure inde her.

***

I går var jeg gnaven, i dag frisk som en fisk. Vi har hængt billeder op, og slået tre snese huller for meget i de nye vægge. De er ikke til at fylde. Jeg må skrive til Richardt om at lade mine raderinger ramme ind. Det var synd at sige, vi var dygtige til at hænge op, snarest var vi kejtede som mænd til at hægte kjoler. Men op kom de da, og nogenlunde anstændigt hænger de.

Om jeg blot vidste, hvorfor jeg lod Torp få min "villa ved havet" ned i sin kælderstue? Var det af angst for at have billedet i min nærhed? Eller var det et dumt forsøg på at gøre ham fortræd? Hans eneste gave . . . Jeg skammer mig over mig selv.

Jeanne har på egen hånd fyldt op med blomster alle vegne. Det hjælper, her er allerede mere hjemligt.

Huset er mit, og jeg tager det i besiddelse. Solen skinner. Jeg holder af at gennemgå møblerne et for et, og jeg husker, da vi drøftede tegningerne. Jeg skulle ikke have ladet ham gøre dette. Det er meningsløst.

***

Misundelsesværdige væsner, der kan få tiden til at gå i deres eget selskab. Når andre blæser boblen op, er jeg "alt hvad der er dejligt" — ellers . . .

Nogen absolut hyggespreder er jeg ikke. Er jeg langtfra. Her er lige ubeboet trods alle de blomster, jeg lader Jeanne slæbe ind. Måske skyldes det de nye lugte — og savnet af de gamle. Her er hverken lugt af snavs, kulrøg, benzin og hvad véd jeg, alt det, der gjorde Gammeltorv til Gammeltorv. Her er så rent, at jeg knap tør træde. Gulvene skinner, som var de ferniseret med sol . . .

Og nu kom Torp på filtben og bad så bønligt, om hun måtte få løbere til sit køkkengulv for at skåne det. Jeg har det på samme måde, jeg nænner knap at træde på de pitchpinebrædder.

***

Hvad nytter al den snakken og skriven om kønnenes ligeberettigelse, sålænge vi den ene af månedens fire uger er slaver af noget, der ikke kan overvindes?

Jeg har lidt denne gang som aldrig før. Sagtens fordi jeg var så alene. Ikke et menneske at tale med. Og nu skulle det være ovre, men det er det ikke. Ja, jeg burde holde sengen, også for ikke at blive grim. I byen var jeg så klog, her . . .

Men jeg må endda være glad, at jeg har ejet den selvbeherskelse, der er de fleste nægtet.

Jeg er hysterisk, gud skal vide, jeg er det i samme grad som alle andre, men jeg forstår at skjule det, så kun én, kun jeg selv, lider derunder.

Månen er i første kvarter. Det blæser. En kold tør blæst, man får hostefornemmelser af at høre den.

Al blæst er min fjende, og her synes fjenden at have fri adgang. Jeg skulle bare lagt mit hus mod syd og i en sænkning, hvor stormen var afskåret. Nu vender det mod vest og åbent vand.

Uden for porten har jeg ikke været. Det er mig om at gøre at holde ud så længe som muligt på denne lille plet. Jeg vil falde til, jeg må falde til.

De kære mennesker piner mig med deres breve. Kun Malthe forholder sig tavs. Værdiger han mig ikke et svar?

***

Jeanne følger mig med øjnene, som ville hun lære mig kunsten af. Hvilken kunst?

Herre Jesus, hvad vil det menneske her? Hun synes skabt til noget ganske andet end øliv og jomfrustand. Og jeg kan da ikke holde tjener for hendes behov. Mandsøjne vil jeg ikke have i mit hus, jeg har haft nok.

Tjener, det ville blive det samme som erotik og brud og kvaler, eller giftermål og skiften. Nej, min ret er fred, på den vil jeg holde. Skulle det gå galt, må jeg vænne mig til at spille whist med Jeanne og Torp. Og hvorfor ikke?

Torp tilbringer sine aftenstunder med at lægge kabale i vindueskarmen, sandsynligvis drømmer hun om sømænd, der strander og kastes op på "den øde ø", hvor hun opholder sig.

Men Jeanne moverer sig i silkestrømper. Det forbavser mig. Lili kaldte det en dårlig vane hos mig, skulle det være en nødvendighed for Jeanne, eller — kender hun mænd så godt?

***

Det drypper gult fra alle de birketræer, der står og ryster rundt om huset. Ikke en vind rører sig, men bladene falder og falder. Til morgen stod jeg på den lille balkon og så ind over skoven, jeg véd ikke grunden, men med ét blev jeg så rolig til mode. Jeg syntes, "alt var såre godt". Kom det af træernes varme rødlige skær, kom det af skovens dybe dyb?

Hele dagen har jeg tænkt på Malthe. Med glæde over, at jeg handlede, som jeg gjorde.

Men et svar kunne han dog sende.

***

Jeanne har opdaget hemmeligheden ved mit hår. Hun spurgte, om hun ikke måtte prøve at sætte det hen under aften, når det "vågnede". Hun er en hel kunstner på det område. Jeg sad foran spejlet og lod hende sysle dermed, så længe hun lystede. Hun satte det op og tog det ned, slyngede det om panden som en turban, knyttede det i græsk knude, delte det og glattede det om mit hoved som en kyse. Hun legede med det og ordnede det om og om, som var det en buket markblomster. Og medens hun var i færd dermed, blev hendes øjne så varme i blikket, at jeg helt forbavsedes.

Mit hår er jo min stolthed, trods alle dets falmede farver. Jeanne sagde træffende: Det ligner en skov sent om efteråret!

Gad vide, om hun stammer fra en rendesten eller et hæderligt fattighjem.

***

"Tusind kvinder kan se på den de elsker og lægge hele deres sjæl i blikket, for mænd er de ligegyldige som stene på vejen. Så får en enkelt kvinde, der ikke ejer sjæl, den nådegave ved sit tomme, kunstige smil at kunne opægge de bedste mænd til smerteligt begær".

..

De sætninger var en dag streget under i en bog, der lå på mit bord. Af hvem véd jeg ikke, end ikke, om den, der stregede dem under, havde til hensigt at fornærme mig eller kun gjorde det i tanker.

***

Nu sidder jeg her og venter på min dødsensfjende. Kommer den snigende eller pludselig? får den bugt med mig, eller bliver jeg den stærkeste? forberedt er jeg — men er det nok?

***

Aften.

Nej, Torp er for romantisk. I dag havde hun pyntet bordet med vildvin, og vildvin hang ned fra kronen og vildvin slangede sig rundt om flyglet. Stegen var dekoreret med røde blade som et skib med flag på majestætens fødselsdag. Og i al den stads sad jeg alene, uden et eneste menneske at tage mig ud for. Jeg, der er vant til, at når jeg blander en salat, mindst to øjne følger det hvidløgdryppede brød, som var det en indisk tryllekunst, jeg øvede.

Et ensomt festligt bord er da det mest ensomme, der kan tænkes.

Gid Torp'en havde mindre "stil", som hun kalder det. Vel har hun været i store huse og taget lidt med fra hvert sted — og det er hende inderlig velundt at varte op med gummihandsker og smykke sit køkkenduftende hår med store silkesløjfer, men når hun prøver at forme sine sølle arbejdsnegle som pyramider, bliver hun kun tragisk.

Hun romantiserer alt, det skulle ikke undre mig, om hun pyntede komfuret med blomster og hængte billeder op mellem køkkentøjet.

Godt, jeg ikke har Samuel med, han kunne ikke passe mig bedre end Jeanne — og så er jeg fri for de øjne, der trods deres ydmyghed virkede på mig som et fluepapir fuldt af sprællende og døde fluer.

Jeannes blik har noget alvidende fint og glidende, der holder mig med selskab som den åndfuldeste charmør. Det er vel også hende, jeg pynter mig for. Men tale med hende kan jeg jo ikke. Jeg vil ikke anstille forsøget og have skuffelsen.

Mænd har betroet mig, jeg var den eneste kvinde, med hvem de talte som med en ligemand. Jeg har aldrig følt mig lige med nogen mand. Kun mit eget køn forstår jeg, kun mit eget køn beundrer jeg.

I virkeligheden synes jeg, der er større forskel på mand og kvinde end på den døde sten og den groende plante.

Dette siger jeg . . . . jeg, der . . . .

∗∗∗

Det angår mig ikke. Vi var ikke venner. At hun gav mig sin fortrolighed, forpligter ikke mine følelser. Og var det sket for fem år siden, jeg ville jo have taget det som en velkommen sensation, som intet andet.

Havde der stået: død af tyfus, af hjerteslag, af hvad véd jeg, det havde ikke taget min ro for en time . . . .

Jeg har jo med vilje holdt mig fra al avislæsning. Tilfældigt åbner jeg så et blad, efter en måneds uvidenhed om alt, tilfældigt rammer blikket den overskrift: Selvmord begået i sindssyge! . . . .

Jeg føler mig utilpas, som om jeg var delagtig i en forbrydelse, som om jeg havde været med til at drive hende i døden.

For så vidt delagtig er jeg, at jeg svigtede hende på et tidspunkt, hvor hun måske stod til at redde. Men det er jo sygeligt at tænke sådan. Vil et menneske ud af livet, så har ingen hverken *pligt* eller *ret* at hindre det.

For mig er Agathe Ussings liv eller død en biting, det er kun omstændighederne, der opriver mig.

Var hun gal? Eller var hun det ikke?

Sagtens ikke mere end vi andre, men hendes selvbeherskelse brast som en for hårdt spændt bue. Det, at hun så, eller mente at se, kraniegrinet i hvert smil, var jo kun en grille. Men hun var dum nok til at tale om det, og da man modtog hendes udsagn med spot og smil, fik hendes blik det stive, ransagende, fordi hun prøvede at overbevise sig selv. Og så dyb gru var der i det blik, at enhver, på hvem Agathe så, følte det kolde pust fra sin egen hemmelige angst.

Hun ligesom tvang os til at *vide*, hvad vi knap turde *ane*.

Aldrig glemmer jeg brevet, hvor hun med underligt vaklende bogstaver havde skrevet: — Hvis mænd anede, hvordan det så ud inde i os kvinder, når vi er over de fyrre, de ville fly os som pesten eller slå os ned som gale hunde ...

På den livsfilosofi blev konen spærret inde. Hun burde holdt den for sig selv og ikke malet den med kridt på væggene i sit hjem. Sådant regnes for *bevis* på galskab ...

Om jeg kan forstå, hvorfor jeg tog ud på anstalten! Ikke af pur medlidenhed. Snarest vel af det pinefulde videbegær, der driver patienten til at forlange det amputerede lem udleveret. Jeg måtte med mine egne øjne se de år ind i fremtiden, Agathe var forud for mig.

Hvad så jeg?

Hun, der aldrig har elsket sin mand men snydt ham så åbenlyst, som det kun kan gøres inden for det gode selskab, hun led nu helvedes kvaler af skinsyge — overfor sin mand. Ikke overfor elskerne, deres tid var forbi, men overfor ham. Fordi han var der. Fordi han var den eneste.

Endelig fordi hun bar hans navn og således havde ham lænket til sig.

Dog forekom hun mig fuldstændig klar af tankegang. Hun sagde selv, da vi blev ene: Det værste er, at jeg véd, min "galskab" kun varer en tid. Det er en sygdom, der hører mine år til. En dag er det ovre. En dag har jeg raset mig gennem det uundgåelige. Men hvad hjælper det mig nu?

Nej, det hjalp hende ikke. Så lidt som den skrækkelige sminke, hvormed hun belagde sit hærgede ansigt.

Det hjalp hende ikke . . .

At hun døde, er kun godt for hende og de efterlevende. Men jeg kan jo ikke fri mig for at tænke på de timer, der er gået forud.

Fra beslutningen blev taget, til den blev udført.

***

"Hvis mænd anede" . . .

Jeg tør vel sige, der findes ikke på jordens overflade den mand, der kender en kvinde til bunds. Ikke en eneste mand, der "kender" en eneste kvinde!

De kender vel akkurat så meget til os som bierne, der afsøger blomsternes indre og véd forskel på honningens duft og sødme. Ikke mere.

Det ville også være umuligt. Om en kvinde gjorde

sig al tænkelig umage for at vise sig, "som hun var", over for sin mand eller elsker, han ville jo anse hende for uhelbredelig sjælesyg.

Vi, det vil sige enkelte af os, antyder vel vort væsen gennem luner, gennem hysteriske udfald, gennem gnavende bitterhed og mistro, og endda er selv ubeherskelsen, der kunne tyde på ærlighed, almindeligvis iblandet den snedigste underfundighed.

Når tales der sandhed mellem mand og kvinde? Hvor ofte sker det? I forhold til, når der halv- og hel-lyves, når der forties, når der besmykkes?

Der er et uophæveligt fjendskab mellem kønnene. Man pynter derpå, fordi livet skal leves, fordi det er nemt og bekvemt, men fjendskabet *er* der. *Er* der altid, er der selv i de intime øjeblikke, hvor kønnene udøver deres højeste bestemmelse — som køn betragtet.

Let ville det, for den kvinde, der kender og forstår kvinder, være at bevise dette med ord, og hver kvinde, som i enrum hørte beviset, ville give hende ret. Men kom det på tale, hvor mænd var til stede, straks ville sandheden trædes under fod som et ækelt kryb.

Mænd *kan* være ærlige, både mod sig selv og andre, kvinder kan det ikke. De er forkvaklede fra fødslen, de fleste af dem fra undfangelsens nu, de forkvakles siden gennem opdragelse, samkvem med andre kvinder, og endelig gennem ægteskabets vranglære.

En kvinde kan elske en mand højere end sit eget liv. Hun kan ofre ham sin tid, sit helbred, sit liv — men åbne ham sin fortrolighed, det kan hun ikke. Hvis hun helt ud er kvinde.

Hun kan det ikke, for hun tør det ikke.

En mand derimod kan — om end oftest kun for et kortere tidsrum — elske uforbeholdent. Han lader sig da oplukke som et skab med mange skuffer og hemmelige rum, han udleverer sig selv og sin fortid — kvinden slipper aldrig mere af sin fortrolighed i et kærlighedsforhold, end akkurat fornuften tillader ...

Hendes blufærdighedsfølelse er af en anden art end mandens. Hun begår hellere blodskam, end hun over for mænd udleverer de hemmelige tanker, hun dog undertiden — uden betænkning — røber for en anden kvinde.

Venskab mellem mænd er af en ganske anden upersonlig art end venskab mellem kvinder, der giver mere og kræver mere.

Venskab mellem mænd er noget hæderligt, hvoraf følger, at de kan skilles uden vrede, uden forpligtelse, uden frygt; kvindevenskab er en slags edsvorent frimureri, hvor brud er en gensidig forbrydelse. Går to kvinder fra hinanden, bærer de oftest dødsensgiftige våben, som kun gensidig angst hindrer dem i at benytte ...

Der gives honnette kvinder. Eller vi tror på, der gives. Det er os en fornødenhed at tro derpå. Hvem tror ikke godt om sin moder, om sin søster? Men hvem *tror helt* på sin moder, på sin søster? Helt, ubetinget? Hvem har aldrig grebet sin moder eller søster i løgn eller forvanskninger? Hvem har ikke, om end kun glimtvis, hos moder og søster set ned i afgrunde, som selv den inderligste kærlighed ikke kan bygge bro over?

Hvem forstod sin moder eller søster?

Mennesket står alene, mennesket er alene. Hver kvinde bebor sin egen klode, dannet af ild med kun en hærdet jordskorpe omkring. Og således som stjernerne går deres evige veje i rummet, ensomme i det utællelige mylder af stjerner, går også hver kvinde sin ensomme gang gennem livet.

Det var hende bedre at gå på glasskår med nøgne fødder, thi den smerte var intet mod den, hun fornemmer, når hun smilende går fra sin egen ungdom ind i den fortvivlelse, der hedder ælde og alderdom.

. . . .

Den megen filosoferen kommer vel ene deraf, at jeg til middag spiste helleflynder, som er en tung og vanskelig fisk.

Eller deraf, at jeg kun er omgivet af Torp og Jeanne og således henvist til mine egne ørkesløse betragtninger.

****

Ligesom klæderne ingen indflydelse har på de fleste mænds befindende, har ikke heller ydre omstændigheder magt over deres stemningsliv. Ganske modsat os kvinder. Vi er ikke den samme i de forskellige klæder. Vi ifører os et væsen, der svarer til dragten, vi bærer. Vi går på en anden måde, smiler, taler, fører os anderledes, alt efter de rent ydre og rent tilfældige omstændigheder.

Lad os sige, en kvinde vil betro sig til en anden. Hun gør det ikke på samme måde og ikke med samme ord i en selskabssal som en mørkningsstund i et lille kabinet, selv om hun i begge tilfælde er ene med den, hun betror sig til.

Når derfor visse kvinder beæres med høj grad af fortrolighed, selv fra ret reserverede naturer, er jeg vis på, dette ikke skyldes sjælelige men rent legemlige egenskaber.

Ligesom en stue over sig kan have det lune tillidindgydende, der gør, at en gæst uden et eneste velkomstord kan føle sig hjemme, kan en kvinde udstråle en sådan modtagelighed, at andre kvinder straks må udgyde sig overfor hende.

Smilets historie er aldrig skrevet. Simpelthen fordi de få, der kunne skrive det, holder sig for gode og er for tro mod deres køn. Mænd er jo lige så uvidende om smilets art og årsag og betydning, som de er det om alt andet kvinden angående — end ikke kønslivet undtaget.

Jeg har talt med flere berømte kvindelæger, og ladet, som om jeg beundrede deres viden. Inde i mig lo det godt og længe ad deres enfoldighed. De kan skære op og sy til, som børn, der åbner for dukkernes savsmuld og næster såret til med nål og tråd. Andet og mere erfarer de ikke. Jo, ét måske. Det går dog vel i årenes løb op for dem, at kvinderne er dem så overlegne i løgn, at de gør bedst i én gang for alle at lade, som om de tager dem på ordet.

Kvindelæger kan være så kloge, de være vil, intet erfarer de af det, som kvinder betror sig imellem. Og det er rimeligt. Mellem kønnene er jo ikke blot det inderste evige fjendskab, men også den uoverstigelige kløft af mangel på forståelse.

Alle sprogets ord kan ikke tilsammen udtrykke et eneste smil — og smilet er, mellem os kvinder, et frimurertegn, som vi trygt tør vise, thi ingen uden vi kan tyde det.

Smilet er et sprog, kun vi kender. I smilet udløser vi enhver drift, enhver last, i smilet afspejler vi de største dyder — og den store tomhed.

Men de kloge blandt os forskanser sig bag kunstige smil.

Mænd kan overhovedet ikke smile; de ser mere eller mindre velvillige, mere eller mindre fornøjede, mere eller mindre erotisk optagne ud. Til at smile er de ikke smidige og ikke underfundige nok.

Den kvinde, der ikke af klogskab tager en maske over sit ansigt, giver sin sjæl til pris i sit smil. Jeg har set dem, der smilede sjælen ud af livet.

Ingen tænker højt, de fleste smiler i vilden sky. Men det, at vi tør smile vor egen underfundighed, vort eget malstrømhvirvlende indre ud for alle vinde, det viser kønnets uhyre sammenhold.

Når forrådes en kvinde af en anden?

Denne trofasthed skyldes næppe ædle motiver men ren og skær frygt for at udlevere sig selv ved at åbenbare de ting, der er kønnets hemmelige fælleseje.

Men ville engang en kvinde give sig helt til pris . . . .

Jeg har tænkt over det, og jeg véd ikke, jeg véd i dette nu ikke, om hun ikke ville gøre sit køn en gennem tiderne ubodelig fortræd.

Vi er jo nemlig så sammensatte af ondt og godt, ægte og forlorent, at der måtte en mere end hårfin defineringsevne til for at rede trådene ud fra hverandre, at finde de enkeltes udgangspunkt.

Mænd egner sig ikke til den gerning.

I de senere år er det blevet mode, at skøger og glædespiger i dagbogsform eller i form af bekendelser udleverer deres oplevelser. Men mon nogen kvinde i hele den litteratur har fundet blot et eneste intimt træk, blot en eneste ublufærdig afdækken af det indre, der ellers skjules bag de tusinde slør? Jeg mener nej.

Dels er vel sådanne stakler ude af stand til at berette andet og mere end de nøgne fakta, så hårdhændet livet har taget på dem, dels véd de af den sørgeligste erfaring, at forståelse er ikke mandens sag.

Hvis endelig en sådan kvinde *ville* sætte alt ind på at give en sand og indtrængende skildring af sit sjæleliv — hvor fandtes vel den forlægger, der vovede at lægge navn til bogens udgivelse?

Jeg mindes en mand, der engang i ædel tro på det gode og i stærk forvisning om sin egen magt prøvede at "redde" en lille pige, der sad fast i et bordel. Han tog hende til sig som søster, han ofrede hende tid og tillid, og hans stolthed over forvandlingen, der foregik med hende, var grænseløs. Hun var taknemmelig som en hund og blufærdig som en romanbrud. Han besluttede at ægte hende. En dag var hun borte; efterladende en seddel med de ord: — Tak, men du keder mig!

Han havde i al den tid ikke opfattet en tøddel af pigens væsen, ikke forstået, at ville han være hende *nok*, måtte han ikke blot være god mod hende men erstatte hende fortiden.

For mig er der en egen festivitas over kvindebetroelser — så længe de ikke finder sted mellem nærbeslægtede, thi da bliver de plumpe og gemene — en skønhed, en værdighed, selv hvor al ydre anstand lægges til side, og et højtryk af følelse, der tilgiver alt.

Jeg mindes en dag — i drivhusvarme og duft af roser

— vi talte om at græde. I begyndelsen krympede man sig ved at være ærlig, men det ene ord nippede fast i det andet, vi ligesom snævrede os ind, spandt os ind i vort eget væv, og endelig havde enhver givet det fra sig, som hidtil lå velforvaret som en god og sikkertvirkende gift.

Ikke én iblandt os alle græd af indre nødvendighed. Tårerne er en gave fra naturens hånd, det bliver så vor egen sag at ødsle dermed eller holde hus.

Forunderligt rørte det mig at høre Soffi Hardens bekendelse. Gråd var for hende kun en erotisk leg, en smerte, der måtte til for at give hende den fuldkomne nydelse. Og hendes mand, det kære væsen, troede, han voldte hende legemlig fortræd, hvad hun alle dage lod ham tro.

De fleste benyttede tårerne til at ophidse sig selv med, når de trængte til scener. Men Astrid Bagge samlede husmoderligt sine sorger til de aftener, hendes mand var til skydebanemiddag — thi han led ikke gråd. Så fornøjede hun sig med i mørke og ensomhed at dryppe de forgangne ugers sørgmod fra sig.

Jeg talte for engangs skyld sandhed, da jeg erklærede, jeg af økonomi kun tillod mig den luksus engang hvert andet år, selv når trangen var stærkest. Min teint var, mener jeg, bevis for mine ord.

***

Der er jo ørkener, hvor der aldrig falder regn og aldrig dug. Og mit liv har været en ørken.

Jeg, der elsker at modtage fortrolighed, har en ganske syg angst for at give den. Måske kommer det af, at jeg som barn var så ene og så henvist til mig selv.

Jo mere jeg tænker over tilværelsen, jo klarere står det for mig, at jeg har ågret ilde med mit pund. Jeg ejer intet utroskabens søde minde, jeg er uangribelig — og træt.

Jeg sidder her og skriver for mig selv og véd, at hvad jeg skriver, læses kun af mig. Dog er jeg ikke helt ægte.

Jeg kan altså ikke være det, end ikke over for mig selv.

Livet er gået mig forbi. Mine hænder er tomme. Nu er det for sent.

Lykken bankede på min dør, og jeg dåre, jeg tusindfoldige dåre, lukkede den ikke ind.

Jeg misunder hver tøs, der render af land med sin galan, men jeg bliver siddende og venter på alderdommen.

Elsbeth Bugge — — — — Nu jeg ser navnet, er det, som om nogen stod og græd bag min ryg, og jeg følte tårerne dryppe på min hals. Selv kan jeg ikke græde. Skønt jeg så gerne ville.

***

Efterår.

Torp blusser op i de åbne kaminer med store brændeknuder. Det svedende træ giver en bedåreride duft og fylder huset med hygge. I mangel af bedre tidsfordriv passer jeg selv ilden. Jeg piller omhyggelig barken af hvert brændestykke, inden jeg kaster det ind, birkebarkens lugt er for mig mere berusende end nogen châteauvin. Jeg sidder og sløves over den, som en dranker over sin flaske. Drømmene kommer og går.

Jørgen Malthe, du barn af en mand . . .

Haven ligner en kummerlig kirkegård, som de levende glemmer at passe. Den vilde vin hænger i blodige laser ned fra verandaen. Sneglene buger sig af sted som foraste frugtsommelige væsner i regnvejr, hækken er indsavlet i edderkoppespind, jorden er som et slim at træde i.

Og så er der mennesker, som finder, at efteråret er smukt! . . .

✳✳✳

Min vilje er lammet af lede ved mig selv. Uvilkårlig lytter jeg og længes efter posten, der intet bringer til mig. Mine hænder fornemmer så tydeligt de stive indbydelseskort, der hobede sig op just på denne tid. Henad aften bliver jeg urolig. Før var dagen en træls stigning mod "selskabelighedens time" — nu falder timerne i aske for øjnene af mig.

Jeg er mig selv, og jeg er ikke mig selv. Der er øjeblikke, hvor jeg misunder alt levende, der er to og to og som parrer sig — hvad enten det sker i had eller vane. Thi jeg er alene og udelukket. Hvad hjælper det så, at jeg trodsigt kan sige: Jeg valgte selv!

✳✳✳

Brev fra Malthe.

✳✳✳

Nej, jeg bryder det ikke. Jeg vil ikke vide, hvad han skriver. Brevet er tungt.

✳✳✳

Mine nætter er rolige. Jeg ligger længe vågen og vågner ofte. Stjernerne står over mit hoved, aldrig har jeg kendt en sådan fornemmelse af hvile og fred. Skyldes den stjernerne — eller brevet?

Toogfyrretyve år er jeg. Det kan ikke ændres. Ikke en dag kan jeg købe mig tilbage. Toogfyrretyve år . . . Men om natten piner det mig ikke. Stjernerne deroppe regner med evigheder, ikke med år. Og jeg smiler, når jeg tænker på, at så snart Richardt er vendt tilbage, vil stuerne på Gammeltorv atter oplyses og kredsen samles, uden mig.

Det eneste, jeg gerne gad vide, var, om Malthe endnu er i Danmark. Jeg ønsker at vide, hvor mine tanker skal søge ham, hjemme eller ude.

Jeg har forrådt ham, jeg har kaldt ham "drengen", jeg har kaldt ham "barnet".

I forhold til mine år, ja, men i forhold til sandheden . . .

Det er vel det usleste, et menneske kan nedværdige sig til, at spotte det eneste, der er det helligt. Min følelse for ham var og er hellig. Jeg selv har besudlet den.

Men når jeg ligger i min seng, under den store, stille himmel, er det, som om al min skyld slettes ud. Skæbnen alene, den der bærer himlen på sine skuldre, skæbnen alene er skyld i det alt. Og jeg vil ikke have noget ændret.

Brevet bliver aldrig læst. Med min vilje aldrig.

***

Jeg véd ikke datoen. Det er et skridt henimod den tilstand, der er min længsel. Kunne jeg komme så vidt, at dage og måneder gled mig forbi, så jeg kun mærkede årstiderne på skovens skiftende farver og luftens vekslen fra varme til kulde.

Ak, der er langt igen.

Jeg har haft et sammenstød med mig selv. I al denne tid her har jeg levet, som når jeg tog en forsæson i Tyrol. Jeg har igen spillet komedie med den hemmelige bagtanke, at livet kunne begynde forfra.

Jeg har frosset af angst. I de sidste nætter har jeg ikke sovet. Sådan må det være for den, der drager over havet og intet véd om landet, han kommer til, men tror, det er som hans hjemland, og så kommer han til et øde, som han skal give liv og vækst gennem slid og savn, som han skal beblomstre med sin længsel og sine drømme. Når ødet er blevet ham hjemligt, da er hans tid forbi . . .

. . .

Kunde jeg få mig selv til at brænde det brev . . . Jeg vejer det i mine hænder, både i højre og venstre. Dets tyngde gør mig det ene øjeblik så glad, det næste fylder det mig med angst. Vejer bogstaverne til, eller er det kun papiret?

I nat holdt jeg det hen til et lys, men da flammen rørte mit brev, rev jeg det til mig. Det er det eneste, jeg har tilbage . . .

***

Richardt meddeler, at Malthe har fået opførelsen af det store hospital overdraget. I konkurrencen deltog vore første arkitekter. Han spørger, om jeg ikke er stolt på min "unge vens" vegne.

Min unge ven . . .

***

Jeanne talte over sig i dag. Hun var, tænker jeg, blevet

ør af det voldsomme bladefald og siden den tre dages tåge, der næsten blindede os. Hun satte mit hår. Med sin finger tegnede hun en streg tværsover min pande: — her skulle være et bånd med røde sten! Jeg svarede, at jeg selv engang havde tænkt det samme men opgivet det af hensyn til mine medmennesker.

— Her er jo ingen mennesker! sagde hun. Jeg lo: — Så er her heller ingen at pynte sig for! Jeanne pillede nålene ud, så håret faldt: — Hvis jeg var rig, ville jeg pynte mig for mig selv, kun for mig selv. Mændene forstår alligevel ikke at se.

Vi talte videre som to kvinder, og lidt efter gav jeg hende nogle silkestrømper, erindrende, hvad jeg havde opdaget. I stedet for at takke, sagde hun med en pludselighed, der virkede betuttende: — Jeg solgte mig engang for et par grønne silkestrømper! Uden at ville kom jeg til at spørge: — Fortrød De handelen?

Pigen så mig ind i øjnene: — Jeg véd ikke, jeg tænkte kun på mine strømper.

Naturligvis er det farligt at føre slige samtaler, men jeg blev klogere deraf.

Kun er det mig en tidobbelt gåde, hvor Jeanne finder på at gemme sig hen på min ø og dele min ensomhed.

***

Vi har i denne tid et mandfolk i huset. Torp har besørget ham. Han graver i haven og hugger brænde. Men lugten smitter over på Torp og angår således også mig. Han ser efter Jeanne, hun smiler til mig. Torp kræser op for ham, og der er piberøg i kælderen hver aften.

***

Jeg har lukket mig inde ovenpå og lagt kabaler. Jeg henter dem frem fra den erindringskiste, hvis syv nøgler, jeg mente at have kastet i havet. Det er en ussel tidsfordriv, men klaveret gør mig trist, og andet har jeg ikke.

Malthes brev er urørt endnu. Men jeg lister mig om det som en advaret mus om en fælde. Mit hjerte higer efter at vide, hvilke ord han bruger.

Han og jeg hører sammen alle dage. Vi gør det, fordi jeg var klog. Ser han mig ikke, vil han aldrig kunne glemme . . .

. . .

Som om jeg et eneste øjeblik troede på det!

Det er altså ikke muligt at blive alene med sig selv!

Ingen afspærring, end ikke den mest isolerede celletilværelse forslår. Så stærke er de bånd, der binder til friheden, og så stor er erindringens magt, at man aldrig bliver herre over valget af selskab. Har man levet sig ind med mennesker, og er man fyldt med viden om dem, bliver man dem aldrig kvit.

En lyd, en duft, og et menneske, et miljø, en skæbne springer lyslevende frem. Og ofte er det ikke mennesker, der har betydning for mig, deres velfærd er mig en ligegyldig sag, men de trænger sig frem, voldsomt, uafviseligt.

For virkelige mennesker kan man nægte sig hjemme, tankegæsterne er man tvungen til at tage imod. Og tale med uden omsvøb og underforståelse.

Menneskene bliver som bøger for mig, jeg gennemgår dem, blader i dem, streger under, lærer udenad. Nu og da studser jeg, jeg ser dem i et andet lys. Ting, der var mig uklare, bliver begribelige, tilsyneladende selvfølgelighed afslører sig som snedig beregning.

Det kunne være et ret tiltalende tidsfordriv, hvis det var mig, som beherskede samværet, men jeg er slave af dem, der ukaldet kommer således til mig. I byen var det anderledes. Dér skyllede det ene indtryk det andet bort, jeg mærkede ikke besværet ved at tænke.

***

Tiden nærmer sig. I de sidste dage har jeg været hed og urolig af nervøsitet. I dag har jeg uden grund flået op og læst alle breve, kun ikke hans. De virkede som fjorgamle aviser, dog fik jeg hjertebanken for hvert eneste, jeg åbnede.

Livet går sin gang derude, det har blot intet mere med mig at skaffe, og længe vil det ikke vare, før jeg ganske stille viskes ud som mindet om en afdød.

Alle de spørgsmål, al den tildækkede fritten, al den omsorg og alle de ønsker og formaninger, alle de forsikringer om trofasthed — ikke én virkelig følelse er der bag det hele.

Margrethe Ernst er den eneste, der bliver sig selv og ikke henrives til forloren sentimentalitet. Hun skriver kynisk og brutalt: — En morfinsprøjte havde vel gjort samme virkning, men hvert menneske sin lyst!

Og Lili med sit naive overflydende hjerte . . .

Hun skriver muntert og let, medens det græder mellem linjerne. Hun under mig det godt, og tager sig moderligt af Malthe, "der nok er meget tavs og stille, men heldigvis stærkt optaget af sin nye konkurrencesejr, det store hospital, som binder ham her til landet for adskillige år."

Hans arbejde fylder ham. Han er ung nok til at glemme.

Men alle deres beretninger om ulykker, dødsfald og skandaler — for et år siden havde hver især sat mig i svingning, i hvert fald som synet af en brand eller en teaterforestilling. Nu morer det mig mere at følge røgen fra min egen skorsten og se den blive fanget af trætoppene.

Richardt rejser rundt med sin sorg og gør mig omhyggeligt rede for storbyernes seværdigheder og hans ensomme vågne nætter. Mon de nu også altid er så ensomme? . . .

Han keder mig nu som før med sine alenlange forklaringer og sit hele storborgervæsen. Men han har i lange år været herre over mine sanser, og jeg bliver ham aldrig helt kvit. Det ene brutale ryk, der skulle til, kan jeg ikke bekvemme mig til. Han må blive i troen på vort samlivs lykke.

Hvorfor læste jeg de breve? hvad ventede jeg af dem? Der var dog en egen vag spænding i den tanke, at når jeg engang brød dem, *kunne* der flagre overraskelser ud imod mig.

Det ene, jeg har tilbage, får jeg aldrig mod til at bryde. Jeg vil ikke vide, hvad han skriver. Han kan ikke skrive, jeg véd det. Han taler ikke godt for sig; skrive kan han end mindre. Alligevel forekommer det lukkede brev mig som en skat.

Blot jeg rører ved det, er det, som om jeg var i stue med ham.

***

Lilis breve har dog gjort mig godt. Hendes kongelige ro går igen i alt, hvad hun foretager sig. Besynderligt, at hun ikke prøver at overtale mig som de andre. "Du må jo bedst selv vide, hvad der er det rette." De små ord fra hende styrker mig usigeligt. Om end jeg jo har på fornemmelsen, hun ikke har begreb om, hvordan det står til inde i mig.

For hende er livet "et sejlklart løb af dage" — lykkelige Lili! Hun glider ind i alderdommen, som hun gled ind i ægteskabet, smilende, rolig, tilfreds. Ingen og intet kan forstyrre hendes ro.

Således er det altså, når sjæl og legeme finder hvile i den samme omfavnelse.

***

Jeanne har bedt mig, lidt forlegen, om hun turde benytte styrtebadet, og jeg har givet hende lov. Det er kun rimeligt, hun ikke gouterer en bolig i kælderen. Men det vil vare et par uger, inden jeg får indrettet badeværelse også der, så i den tid må jeg give afkald på badet.

Jeg kan ikke dele bad eller soveværelse med nogen, mindst med en kvinde. Ikke skal jeg glemme mit eneste besøg i de romerske bade og synet af Hilda Bang. Hun, der med klæder på dog virkelig var en pompøs skikkelse med gode former, blev alle hæsligheders hæslighed derinde i varmetågen.

Jeg kunne før gå nøgen mellem nøgne mandfolk end vise mig upåklædt for en kvinde.

Bevis på blufærdighed er det ikke. Hvad er det da?

***

Hvor er her stille! Kun onsdag og lørdag går Eng-
landsdamperen forbi, jeg véd det, jeg hører den skov-
lende lyd, men jeg holder mig tilbage for ikke at se. Sæt,
jeg fik lyst at løbe min vej . . .

En skønne morgen, når Jeanne bragte teen, var bu-
ret tomt . . .

Nej, de mure binder mig godt nok. Hvorhen skulle
også jeg gå? Det ene vanvittige, jeg forhen så ofte var
fristet til, er nu for sent.

Tiden er spildt, livet er forbi.

Men jeg har vænnet mig til at sidde og prikke med
et sytøj. Gud skal vide, det forter ikke svært, men det
tvinger mig til en egen form for ro.

Jeg er begyndt at blive ugidelig. Udenfor måltiderne
ringer jeg på te to tre gange om dagen som en rekon-
valescent, der skal fedes. Jeanne sætter mit hår med be-
standig omhu, hvem véd, om det ellers blev sat.

Hvad mere behøver et menneske end fred og stil-
hed?

***

Kunne jeg blive fri for den fornemmelse af tomhed
i hænderne, så var alt godt. I går gik jeg nede ved van-
det og samlede småsten, jeg tog dem med op og legede
med dem, de fyldte i hænderne. I nat måtte jeg rejse
mig og hente dem, og jeg vågnede med en skarp sten i
hver hånd.

Hysteri giver sig de forunderligste udslag. Men om
jeg da véd, hvad hysteri egentlig er? Engang mente jeg,
det vedkom driftslivet, men jeg har truffet dem, der var
så velforsynede som muligt med både lovlig og ulovlig

erotik, — hysteriske var de ligefuldt.

***

Jeg begynder at fatte klosterlivets fortryllelse: stilhed, ensformighed, sløvhed. Dog glipper ligheden: I klostret er man berøvet ansvar og vilje, og for de dele kan jeg ikke frigøre mig.

Men såvidt er jeg kommet, at kun det, der ligger inden for min havemur, synes mig virkelighed og tanker værd.

Huset på Gammeltorv kan for mig brænde ned til grunden, Richardt kan gifte sig igen, Malthe kan . . .

Ja, jeg tror det. Jeg tror, jeg kunne tage den meddelelse med samme fatning som de tavse munke, når prioren forkynder dem: en broder er død! Bed for ham! Ingen véd, om det er hans broder eller hans fader og ingen får det at vide. Jeg har revet mig løs.

Men helt fri er jeg først den dag, jeg hører, han har bundet sig til en anden. Grænseløse fejhed, at jeg ikke tør åbne det brev.

***

Aften.

Der burde grundes en klosterorden, i stor og munter stil, for kvinder mellem fyrre og halvtreds. Et slags asyl for overgangsårenes ofre. Thi der kommer jo de år i enhver kvindes liv, da hun er bedst tjent med frivillig indespærring, eller i hvert fald fuldstændig afspærring fra det andet køn.

Sådanne kvinder, der lider under samme sygdom, måtte kunne gøre tilværelsen ikke blot tålelig men harmonisk for hverandre.

Vi er i de år gale, men vi kæmper for at lade os anse for kloge.

"Vi". Jeg er ikke så vidt endnu. Nok måske af år men ikke af temperament. Men hver dag kommer tiden nærmere; langt borte hører jeg dens listen. Af tilfælde og af beregning er mit ydre ungt endnu. Men hvad har det ikke kostet mig at økonomisere med mine følelser?

Alderdommen er til syvende og sidst et anseeligt mål. En tinde, der skal bestiges. Et bjerg, hvorfra man overskuer livet til alle sider — hvis man ikke på vejen op blindes af den evige, faldende sne. Jeg frygter ikke alderdommen, men overgangen. Den dag, det nu, hvor man føler "det" glide sig ud af hænderne. Hvor hjertets råb kun bliver lattervækkende.

For os alle kommer vel den stund, da vi indbilder os, tiden kan lade sig besejre eller narre — snart indser vi kampens ulighed. Udfaldet er ens.

Bange er vi. Bange for den kommende dag, end mere bange for natten. Vi pynter os for natten, som kunne vi dermed kyse vor angst på flugt.

Vi vogter på, hvad vi spiser, hvor længe vi sover, om smilet slider rynker ... Men vi er tavse med vor frygt. Vi tier og lyver. Af stolthed, af blufærdighed.

Ingen har nogensinde højt sagt den sandhed, at kvinden for hvert år der går — som mod sommer, når dagene længes — bliver mere og mere kvinde. Hun sløves ikke i det, der angår hendes køn, hun modnes langt hen i vinteren.

Men samfundet tvinger hende til at holde en falsk kurs. Hendes ungdom må kun vare, så længe huden er glat og legemet fristende. Ellers prisgiver hun sig til den ondeste latter. En kvinde, der vover at kræve livets ret i de sene år, betragtes med afsky. Ingen giver hende medynk, ingen giver hende medhold.

Det sker, at stormen kan feje bladene af et træ i en eneste nat — når blev en kvinde ældet på sjæl og legeme i et eneste nu? Vi er forbandede fra fødslen.

Jeg anklager ingen for mit liv. Jeg har selv været herre over det. Og kunne jeg begynde forfra, ville jeg vel spilde årene for anden gang.

***

Juleaften.

Nu er der fest på Gammeltorv. Richardts brev gik mig dybt til hjerte, noget i mig længes efter hans retsind ...

Hvortil al denne løgn? Mit legeme har vel en omfavnelse behov.

Er det råt? Så forkvaklede er vi kvinder, at det ville være en skam at vedgå sligt. Ja, jeg savner Richardt, ikke manden, ikke vennen, men elskeren, jeg savner det ene: træthed efter nydelsen.

Hvad hjælper det mig så at gå timevis i den tomme skov!

Lili har i sit hjertes uskyld sendt mig et diminutivt juletræ, som hun og de lange pigebørn har pyntet — med småbitte net og kurve. De behandler mig som en syg, eller som et barn.

Nej, det er godt, som det er. Aldrig skal Lili have den sorg at vide, jeg hadede hendes børn, fordi de var ungdommen, der før eller senere trængte mig ud.

Jeg har brugt mine øjne godt, og jeg véd, hvad jeg

véd: Der er mellem generationerne det samme dødelige fjendskab som mellem kønnene, men medens de unge i deres kåde ubarmhjertighed smiler ad os, lader vi, som om vi morer os med og over dem.

Kunne kvinder købe sig ny ungdom ved at drikke deres børns hjerteblod, ville mange mord i smug begås … Hvor har jeg hadet Richardt, når jeg så ham befinde sig vel blandt de helt unge og tage dem alvorligt.

Det er juleaften. Jeg er iført et af mine mest beundrede skrud — paquin, til ære for Jeanne. Og jeg har behængt min person med kæder og ringe, som var også jeg et dumt træ.

Jeanne har glædet sig til denne aften. Hun og Torp stod op før lyset i dag for at smykke stuerne med gran. Over verandadøren hænger det svenske flag, som Torp ellers — til minde om Herren véd hvem — har over sin seng. Det fornøjede mig at overraske Jeanne med det grønne crêpe de chine — mine farver bliver dog herefter grå og sorte. Men hvorhen skal pigen begive sig i crêpe de chine? Jeg må vel så også silkefore personen, at hun ikke skal føle, hvad jeg tænker.

Men efter den obligate gås og de uundgåelige julespiser har jeg helliget aftenen til læsning af de breve, "vennerne", som på tælling, beærer mig med.

Uden at kende skriften, uden at læse navnene, ville jeg efter indholdet kunne afgøre, fra hvem hvert af brevene var. Alle skriver de om al den ære, der er vederfaret Jørgen Malthe. Hospitalet her og Arkivet dér. Hvad angår det mig? Jeg ville ønske, de hellere havde skrevet: — I dag blev Jørgen Malthe påkørt af et automobil og døde på stedet.

Således er jeg indrettet.

Men jeg vil ikke tænke på ham i denne nat. Jeg må hellere prøve at skrive til Magna Wellmann. Det er muligt, jeg kan være hende en smule nyttig. I hvert fald kan jeg få sagt hende ting, hun har godt af at høre. Hun er en af dem, der har det sværest.

Kære Magna Wellmann!

At råde Dem i dette øjeblik er et vovestykke, jeg dårlig tør indlade mig på. Dertil er vi to hinanden for modsatte af vaner, tankegang og temperament. Fælles har vi kun den uheldige alder og kønnet, så det ville ikke gavne Dem det ringeste at høre, hvordan *jeg* i det givne tilfælde ville handle.

Må jeg uden hensyn til, om jeg sårer Dem, tale rent ud, skal jeg derimod gerne prøve at vejlede Dem, men det bliver kun ved at klarlægge situationen for Dem. De selv har ikke mod dertil. Først når De ser forholdene, som de er, kan De træffe en bestemmelse uden senere at angre.

Deres brev var den mest forvirrede blanding af selvbedrag og vilje til at være helt åbenhjertig. De forsøger at stikke mig blår i øjnene samtidig med, at De røber, hvad De absolut vil skjule. Efter brevet at dømme er således moderfølelsen dyrisk stærk hos Dem. De er rede til at kæmpe og ofre Dem for børnene. De vil opgive alt Deres eget for at skaffe børnene sunde rolige vilkår.

Sandheden er, De sidder og er forpint af samvittighedsnag, som *fremmede* har proppet Dem med. Moderfølelsen er ikke oprindelig hos Dem, tværtimod. I Deres mands tid lod De fem og syv være lige, og meget ofte viste De ret tydeligt, at børnene kun var Dem til besvær. Kærligheden, da den omsider opstod, gjaldt ikke Deres eget kød og blod, men de små væsner, som dagligt samvær gav Dem anledning til at kende og skatte.

Nu har De tabt hovedet, fordi det ser lidt slemt ud. Deres — eller rettere Deres mands — slægt har, på en efter min mening utilbørlig måde, truet sig ind på Dem. Og De har ladet Dem true og derved givet *uvedkommende* ret over Deres liv og færd.

Husk, fru Wellmann, *uopfordret* skød familien sammen til den årlige sum, der satte Dem i stand til at leve som i professor Wellmanns tid. Summen var Dem ikke overdraget på vilkår. Nu fordrer de samme individer — under snak om forargelse — at De skal håndfæstes, i modsat fald vil man inddrage pengene — eller berøve Dem opdragelsesretten over Deres børn. Det er ganske egenmægtigt af de folk.

Tænk nu nøje over, hvad der kræves, inden De af nervøsitet lader Dem svinebinde.

Er De istand til at overholde et *kyskhedsløfte*, De, Magna?

Muligvis burde der indføres en lov, hvorefter uformuende enker uden børn edeligt forpligtedes til at leve som nonner, eller blev brændt ved mandens ligfærd. Men sålænge en slig lov ikke eksisterer, kan jeg næppe tro, nogen voksen kvinde behøver at lade sig aftvinge den art løfter.

Et løfte er jo ikke givet for at skulle brydes, og et sådant løfte ville De, min kære Magna Wellmann, ikke være istand til at overholde.

De er for tiden ved at miste Deres selvfølelse og blive et holdningsløst og ansvarsløst menneske.

Naturligvis burde De aldrig have gjort Dem afhængig af fremmede ved at modtage hjælp til Deres børns opdragelse. Dog indser jeg fuldt ud, hvor svært det måtte være pludselig at stå med to tomme hænder og en hel flok børn, der har krav til alle sider. Turde De ikke prøve at slå Dem igennem med enkepensionen, havde De dog været bedre stillet ved at lade slægten hjælpe Dem til et selverhverv.

De tænkte ikke derpå, og jeg var dengang for optaget af de selskabelige forpligtelser, min stilling som Richardts hustru medførte, til at ofre energi på andres ve og vel. Tilmed lod De både rørt og taknemlig over ordningen.

Men nu nærmer vi os det centrale. Jeg har jo i længere tid haft Deres fortrolighed — i længere tid og i højere grad, end jeg egentlig skøtter om. Det var mig ikke lidet pinligt, medens Deres mand levede, så at sige at betragte ham gennem et nøglehul. Denne fortrolighed berettiger mig til at tale frit.

Se, Magna, et menneske med Deres natur burde aldrig ved ægteskab være knyttet til en mand og ikke heller sætte børn i verden.

De er skabt — tag nu ikke ordet op som en fornærmelse — De *er* skabt til at være skøge. Det klinger ilde, men jeg véd ikke noget andet ord, der er bedre.

Deres stærke sanser, Deres bestandige higen efter nye nydelser, Deres hele temperament henviser Dem dertil. Opdragelse og vilkår tvang Dem ind i ordnede forhold. Men De vil jo ikke nægte, at Deres ægteskab var et uhyre fejlgreb.

Der er en — svag — mulighed for, at De endog for længere tid kunne have fundet Dem til rette hos et menneske, der først og mest var mandfolk, og helst af den art, der svinger svøben og behandler kvinden halvt som nydelsesmiddel, halvt som træl. Men jeg tror, at den dag, De for alvor havde "lært ham kunsten af", ville freden have været forbi.

Deres stille, fornemme mand var Dem en pine, som De var ham en plage. De mishandlede ham, uden at ville det, værre end nogen bøddel. De frygtelige natlige scener, De tirrede ham op til, og som endte med, at han gjorde vold mod sin natur og blev brutal, de scener var jo Dem et behov som mad og drikke og søvn. Kun derigennem fandt Deres sanser nu og da den tilfredsstillelse, han ellers ikke formåede at skaffe Dem.

Kære fru Wellmann, De synes, også jeg er brutal, at jeg siger Dem dette nu, — dengang havde jeg ikke mod til at tale. Men tro mig, mere end én gang lå det mig på læberne at sige: — Tag Dem en elsker fremfor at pine den arme mand, hvis eneste forbrydelse er, at han ikke er Dem nok!

Jeg vogtede mig for at agere skæbne, og De foretrak at forblive ham tro. En dyrekøbt troskab!

Jeg påstår ikke, at De ikke holdt af Deres mand. De lærte at sætte pris på hans gode sider, men noget samliv mellem ham og Dem var der ikke. De hadede hans arbejde. Ikke på skinsyge kvinders vis, fordi det berøvede Dem hans tid og fortrolighed, nej, kun fordi han tilsatte sin mandskraft i det store hjernearbejde, der for ham var livets højeste. Skønt De ikke elskede ham, havde

De gerne givet hele hans berømmelse for en glødende elskovsnat.

Ved hans død mistede De en omhyggelig forsørger og den position, det giver at være knyttet til en fremragende mand. Deres sorg var virkelig, De følte tomhed og ensomhed. Og så klyngede De Dem i god — men fejlagtig — tro til børnene. De havde den redeligste hensigt til at leve udelukkende med og for dem.

Vist i tre måneder gik det godt, så begyndte kampen. Véd De, Magna, jeg beundrer Dem for den kamp!

De ville ikke give fortabt. De klædte Dem så at sige i sæk og aske, De klamrede Dem til sørgesløret, De omgav Dem med Deres børn, De kæmpede for livet. Den indre kamp gjorde Dem blot endnu mere fængslende, den ligesom gav Dem et adelspræg, der før ikke fandtes.

Man talte om Dem og mistroede Dem allerede dengang, hvor De intetsomhelst havde at bebrejde Dem.

Jo, det havde De. For medens De sled Dem ud i kampen mod Deres egen drift, og ud ad til opretholdt den sørgende enkes værdighed, udviklede De Dem i hjemmet — uden Deres vilje men ikke mod Deres vidende — til en komplet furie. Den forskræmthed, der dengang lammede Deres børn, har aldrig helt fortaget sig. Fremmede blev opmærksomme herpå og foreholdt Dem Deres adfærd.

Da De så skrev til mig, at nu havde De ladet Dem indlægge på en nerveklinik, måtte jeg, hvor sørgeligt det end var, smile. De herrer nervelæger kan være såre fuldkomne, dog ville det være lovlig meget forlangt, om de skulle kunne erstatte savnet af bortfaldne ægtemænd i hvert fald mod betaling. De blev lagt i seng og tyllet med sovemidler. Nogle uger efter udskreves De som rask, en smule fyldigere, en smule mat efter sengelejet.

De endevendte huset under en rengøringsmani, De gik milelange ture, De hengav Dem til madlavning, og når dagen var jaget igennem ved rastløst legemsarbejde, sløvede De hjernen til søvn ved romanlæsning.

Hvad hjalp det alt? Dengang De betroede mig, De havde gået på gaden en hel nat, fordi De var bange for at gøre en ulykke på Dem selv og børnene, vidste jeg, at nu var kampen til ende. En uge senere var De ude i Deres første forhold — en måned senere vidste hele byen derom.

Det var akkurat året efter professorens død. I de seks-syv år, der er gået siden, har De haft en række forhold, der alle har udmærket sig ved samme uhyre mangel på diskretion.

Grunden hertil må søges i Deres hang til selvbedrag. De vil tvinge Dem selv og andre til at tro, det bestandig er *kærlighed*, De søger. Medens det jo er noget ganske andet. De nærer den overleverede anskuelse, at det ville være en dødelig skam, ifald De tog en elsker for — nuvel for det, hvortil en elsker kan bruges. De kunne være gået frank og fri gennem livet, havde De ikke prøvet at lyve for Dem selv og villet tvinge andre til at tro på løgnen.

Det er sent på natten og en højhellig julenat tilmed.

Jeg vil ikke anklage Dem uden at føre bevis. Indlagt sender jeg Dem en række breve, en ufuldkommen række, da de jo kun er fremkommet, når jeg var på min årlige baderejse. I disse breve, som jeg møjsommelig har fundet frem, og som jeg ikke har nogen grund til at forholde Dem, vil De se Dem selv afspejlet. Bliv ikke skamfuld, selvbedraget er ikke Deres fejl, men samfundets. Jeg sender ikke brevene for at ydmyge eller såre Dem, men læs, hvorledes De gang efter gang har gennemløbet nøjagtig den samme skala af følelser med den samme ynkelige udgang.

En uformuende enke i begyndelsen af fyrrerne — vi er jo omtrent lige gamle — og med fem børn, har så godt som ingen chancer for giftermål. Lad hende være nok så indtagende.

Det har jeg sagt Dem ofte nok.

Men Deres forfængelighed som kvinde krympede sig ved at slå det fast. I hver ny elsker så De en vordende ægtemand — ikke fordi De følte nogen særlig trang til giftermål, men fordi De ikke ville gå ud af ungdommens kapløb.

De har, uden iagttagelse af de almindelige sømmelighedsformer, vist Dem sammen med Deres elskere overalt, indført dem i Deres hjem, givet dem en pretentiøs stilling over for Deres børn, kort sagt understreget enhver af de forbindelser, der først og sidst burde glide ubemærket hen.

Og hvad var det så for mandfolk, De valgte ud? Jeg går ikke i rette med Dem i Deres valg af *elskere*, men jeg forstår, at man på Deres vegne skammede sig over de nye *venner*, De anskaffede.

I begyndelsen holdt man gode miner til slet spil, sagtens i det stille håb, at forholdet virkelig udviklede sig til ægteskab, hvorved de pengelige forpligtelser af sig selv bortfaldt. Gentagelsen trættede og forargede.

De, Magna, var stadig lige blind, De vandrede troligt forfra gennem flirt, forelskelse, fortrolighed, tilbedelse, underkastelse, skinsyge, mistro, nag, had, foragt.

Jo ringere den mand var, De kastede Deres øjne på, jo mere krampagtigt udstyrede De ham med festlige egenskaber. Når den næste viste sig, så De klart på den forrige.

Hvis nu herved var opnået fredelig udvikling for Deres børn, ville jeg ubetinget sige: Kære Magna, blæs alverden et stykke og handl efter eget tykke! Men det er jo ulykken, børnene lider under dette. De er nu så store, Wanda og Ingrid er jo så godt som voksne, om et par år er de giftefærdige, hvor længe endnu kan de holdes uden for al viden? Måske véd de allerede. Der er noget i Wandas blik, der tyder på, at hun ser mere, end hun ønsker, vi andre skal tro.

Jeg mener, det var bedst for børnene, at visse ting først kom til dem, når de var modne nok til at forstå dem helt, men den skade, der er sket, kan ikke ændres. Og dog, Magna, *De* og De alene er herre over børnenes fred. De er herre over den uden at behøve at gribe til det offer, der kræves af Dem.

Børnene må ikke leve i en usund atmosfære. Og den atmosfære, der omgiver deres kære moder, er desværre alt andet end sund.

Var De, foruden at være et stærkt temperament, også et stærkt menneske, da tog De konsekvensen helt ud. Men sådan er De ikke. De *vil* ikke arbejde så hårdt, som det blev nødvendigt, hvis de ekspatrierede Dem for at skabe et nyt hjem i et fremmed land, og De *kan* ikke opgive børnene. Gjorde De det, nedværdigede De Dem i Deres egne øjne.

De kan ikke i de første 5-6 år, måske længere, leve uden at have en elsker, — da De nu engang ikke kan få en mand. Altså må De indrette Dem på en sådan måde, at tingene glider så lempeligt som vel mulig.

Klogt beregnende forsigtighed, det eneste, der er Dem fjernt, bliver en nødvendighed. Hav Deres elskere, men hold dem fra Deres hjem.

Hvad har de med Deres *børn* og Deres *venner* at skaffe?

I samme nu, De anviser elskeren *(mandfolket)* den plads, der tilkommer ham, vil De fornemme den faste grund under fødderne. Kunne De med det samme gøre Dem selv begribeligt, at ikke en halv snes mænd elsker Dem for evigheden i en halv snes år, var det vel. En kvinde af Deres art kan få snese af elskere; til de mere solide forhold, dem der rinder ud i varige venskaber, er Deres temperament for voldsomt.

Når De nu atter og atter slippes af mænd, før De selv ønsker det, er det udelukkende, fordi De stiller regnskabet galt op.

Jeg kender en dame, der nogenlunde lever under samme vilkår som De, også hun har en ret stor børneflok og et ukueligt mod på mænd. Alverden véd, at hendes elskere er mange og flygtige som skyerne, men alle sænker kården for hende.

Og hun er respekt værd. Bemeldte frue lever i sit hjem som den mest fuldkomne moder, er et sandt mønster på huslighed og øm forståelse af børns behov. Ingen mand kommer over hendes tærskel, men kun de få kvindelige venner samt huslægen.

Kære Magna, De ser, jeg har skænket Dem den halve julenat, dette gjorde jeg vel næppe, hvis jeg ikke nærede særdeles sympati for Dem. Når jeg nu slutter med noget, der kan volde Dem øjeblikkelig irritation, så vid, det sker kun i en god hensigt.

Jeg er så vel aflagt med penge, at jeg nårsomhelst står til tjeneste med et rentefrit lån på uvis tid. Benytter De Dem heraf, således at De anvender et par år på at lære et eller andet, hvorved De senere kan sikre Dem en eksistens, bliver De slægtens understøttelse og — indblanding kvit. Tænk over det! —

Jeg lever her så ganske for mig selv, at jeg har god tid til at grunde over både min og andres skæbne. Skriv til mig, så ofte De føler lyst og trang, jeg skal svare Dem efter evne. Når jeg er fåmælt angående mit eget, har det sin årsag i en vis særhed, som jeg ikke formår at overvinde.

For en sikkerheds skyld har jeg gennemlæst brevet, det udtrykker ikke helt, hvad jeg mener, men i hovedsagen fortryder jeg intet deraf. Kun må De forstå, det indeholder ingen dom over Dem, kun et forsøg på klargørelse.

Tusind gode tanker

Deres Elsie Lindtner.

Det sner. Det bliver ved at sne.

Træerne er allerede pakket ind som smykker i vat, snart bliver der vel kørevej henover dem. Fnuggene er større end gåseurter. Går jeg ud, overfalder de mig som en sværm kåde sommerfugle. Men de, der drysser i vandet, forsvinder som stjerneskud, ikke et af dem bliver tilbage.

Taget over mit sovekammer er tungt som et kistelåg, men jeg sover for åben dør — et vindpust, og jeg har øjnene fulde af sne. I morges da jeg vågnede, var min pude våd, som havde jeg grædt.

Torp fantaserer om at sne inde og få føden ned gennem skorstenen. Hun pynter sig for tilfældet. Hendes hår lugter, som når hun pyner fugle, og hun illuminerer i kælderen med små lamper med røde skærme og perlefrynser.

Også Jeanne er betaget. Hun ligner en hel ildebrand, som hun går derude uden hat. Hun taler ikke, hun hvisker og træder endnu sagtere end ellers, som var hun bange for at vække nogen, der lå og sov.

. . .

Jeg husker engang, vi talte om Grækenland, og Malthe beskrev mig et snevejr oppe i Delfi. Nej, jeg husker det ikke, jeg hørte ikke efter, jeg tænkte kun på, om sneen vel smeltede, når den faldt på hans hoved.

Han har opfyldt min bøn om tavshed. Ud over det ene brev ikke en linje.

Det er vel det bedste, og jeg har selv villet det. Alligevel. . . .

Jeg har brændt hans brev.

***

Jeg har brændt hans brev. Asken er alt, hvad jeg har tilbage.

***

Det piner mig at se på den aske, jeg kan ikke overvinde mig til at kaste den ud.

***

Asken er ikke mere. Men jeg er urolig. Det var sværere, end jeg troede.

***

Godt, at jeg brændte det brev. Nu er jeg først fri. Mine anfægtelser har rent naturlige årsager.

Det hjælper at ligge de dage. Jeanne er en excellent plejerske. Hun passer mig, som om jeg var syg, og sådan behager det mig.

***

Alderdommens nirvana tager sin begyndelse. Straks om morgenen, når Jeanne sætter mit hår, begynder det kriblende velbehag, der varer ved dagen igennem. Jeg klæder mig ikke om mere, jeg bærer ikke smykker, mit spejl har mistet sin interesse.

Ofte synes det mig, tankerne hele dagen går i stå som et ur, man glemmer at trække op. Men tomheden kvæger mig kun.

Det er uger siden, jeg skrev i min dagbog. Flere gange har jeg villet, men når jeg tog bogen frem, mærkede jeg, at der var intet.

I mørkningen sidder jeg som et andet gammelt barn og småsnakker med mig selv henne ved ilden. Kommer Torp for at spørge om noget af det, hun dog selv bestemmer, opholder jeg hende og får hende til at fortælle om hendes eget. Forleden kom hun ind på spøgeri, og hun var så ladet dermed og fortalte med en sådan overbevisning, at hendes tænder klaprede af skræk. Lykkelige væsen, der har indbildningskraft.

Der er dage, hvor jeg ikke rører mig af stedet og dårligt nok kan få mig til at stå op fra bordet, andre dage, hvor jeg ustandselig går og går. Skoven er stille og fri for mennesker. Møder jeg endelig nogen, skotter vi til hinanden som to dyr, der ikke véd, om de skal flygte eller kæmpe.

Skoven er min.

Klaveret er lukket, jeg har ikke brug derfor. Suset i de bladløse træer er mig musik nok. Jeg kan stå ud af min seng og lytte, til jeg næsten er stivfrossen — jeg, der aldrig kom i stemning under virtuosers spil.

Ikke et ønske har jeg, fortid som fremtid hviler i samme blide, blinde tåge, jeg er tilfreds med at leve, som jeg lever.

Men den mindste bagatel her i huset river mig ud af min døs. Torp havde en mand her i går til at rense skorsten, da jeg så ham i min stue, kom jeg til at skrige. Jeg kunne ikke få presset ind i min hjerne, hvad en mand skulle her.

Den anden dag var en tilløbende kat kommet ind under bordet. Jeg vidste det ikke, men straks jeg satte mig, var det, som blev jeg ladet med elektricitet, og jeg måtte ringe på Jeanne. Da hun kom, fór katten frem, og jeg fik et tilfælde af panisk skræk.

Jeanne bar katten ud, men længe efter sitrede det igennem mig, når jeg så på hende.

Hvoraf kommer dog den afsky for katte? Mange mennesker har dem jo til yndlingsdyr. Jeg ville før have en boa constrictor til legekammerat.

***

En krænket mand tog sig engang for at sige mig den nøgne sandhed. Han gjorde mig den ære, fordi jeg ikke skønnede nok på hans kur.

Jeg var hverken klog eller begavet, sagde han, men jeg havde en egen evne til at undgå blottelser, og så forstod jeg kunsten at give stikord i rette tid. Han ramte godt.

Hvor har jeg ofret tid og kraft på at holde den midtpunkt-stilling, jeg egentlig slet ikke var voksen! Min forfængelighed krævede, at jeg ikke blot blev dyrket for mit ydres skyld, og så sad jeg der mellem de klogeste mænd og lod mig kalde klog. Det var kejserens nye klæder.

Vi talte om politik og nationaløkonomi, om kunst og litteratur, om kurser og fremmede religioner — intet vidste jeg, min opmærksomme lytten klarede alle skær. Jeg fik ord for at være åndfuld.

I de engelske romaner, hvis sødme ofte minder mig om syge kartofler, tillader heltinden sig stundom den luksus at blive blind, koparret eller lam i benene, helten elsker hende bare dobbelt højt. Hvor er det forlorent!

Vi skulle se en forandring i min tilværelse, hvis for ti år siden jeg havde mistet mine lange øjenvipper, hvis mine fingre var krogede, hvis min næse var rød ...

Rød næse er vel det værste, der kan times et kønt fruentimmer. Jeg har en anelse om, det var derfor, Adelheid Svanström tog gift. Det skind, hun tog ikke nok.

***

Jan.

Mine sanser begynder at vågne. Lys og lyd giver nye indtryk, det, jeg ser, fornemmer jeg med nerver, jeg ikke før kendte til.

Når aftenen kommer, stirrer jeg ind i tusmørket, til det gror for mine øjne, og jeg drømmer som et barn.

. . .

. . .

. . .

I aftes gik jeg ud på balkonen for, som jeg plejer, at kaste et sidste blik ud over søen. Da fik jeg øje på stjernehimlen. Den åbnede sig for mig, den gav sig til mig. Jeg havde aldrig set den før — jeg, der har sovet med den over mit hoved!

Hver stjerne blev som en dugdråbe, skabt kun for at læske min tørst. Jeg drak himlen ind, som en plante, der er ved at forgå af mangel på væde, og medens jeg drak, fornam jeg noget, jeg ikke kan gøre mig rede for. Det var, som om jeg for første gang følte, at også jeg ejede en sjæl. Jeg lagde mit hoved tilbage og så og så.

Natten oplod al sin herlighed for mig, og jeg græd.

Hvad gør det, om jeg bliver gammel, hvad gør det, om mit liv er forfejlet — hver nat kan jeg vende mit ansigt mod stjernerne og lade mig dysse ind af deres kolde, evige fred.

Jeg, der aldrig har kunnet læse et digt uden i tanken at håne den, der skrev det! Jeg, der aldrig har troet på sandheden af nogen digters ord, når han lovede naturen, jeg ser den nu som den store, den eneste tilbedelsesværdige gud.

***

Jeg savner Margrethe Ernst. Aller mest det morsomme syn af hende. Som hun slanger sig om mellem mennesker, altid parat til at spille med tungen, altid med brodden rede. Dog er hun ikke ondsindet, trods sit underfundige smil. Hver bevægelse hos hende er særpræget — og beregnet.

Som hun og jeg havde det fornøjeligt sammen! Vi talte så sandfærdig sandt om alle andre og løj så nydeligt og graciøst om os selv. For resten mener jeg, hun er trofast i venskab, og hendes breve er de mest velskrevne af dem alle.

Hende kunne jeg lide at pille ved, men hun var den eneste, der forstod at dække sig. Altid havde jeg følelsen af, at hun under sine tynde klæder bar et skælpanser, som end ikke hendes vist meget glødende elsker fik lov at trænge igennem.

Hun hører til de kvinder, der sletter alle spor efter sig uden tilsyneladende at vise forsigtighed.

Jeg har set hende skifte væsen to, tre, fire gange på

én aften, efter de mennesker, hun talte med. Hun smøg sig opad dem, ligesom for at indånde deres atmosfære, og straks var hun i kontakt.

Hun er beregnende, men ikke for egen fordels skyld, kun som den fødte matematiker, der helst giver sig i lag med de sværeste opgaver.

Jeg kunne lide at have hende her en uges tid.

Også hun er bange for overgangsårene. Men hendes forsøg på at narre sig forbi, vil ikke lykkes. Nu klæder hun sig à la hofsorg og bærer ærværdighedens små hatte til sit smalle, spanske hoved — for så en skønne dag, når hun er sidst i fyrrerne at vende tilbage til løvfarver og strudsdyr. Hun håber på endnu et udspring . . . . Hvad, om jeg stævnede hende herned?

Hun kom. Selvfølgelig kom hun, med første tog og vejrende næsebor. Med kufferterne sendt efter.

Nej, det ville være den ynkeligste falliterklæring.

***

Jeg er i disse dage kommet til et resultat, der undrer mig selv. Jeg véd nu, at selv om årene ikke stod os imellem, *kunne jeg ikke blive hans hustru.*

Jeg kunne begå dumheder — ja bassesser — for den mand, den eneste mit hjerte har elsket. Jeg kunne, som hans elskerinde, nedværdige mig, som kun en kvinde kan det. Jeg kunne dø med ham. Men danne hjem med Jørgen Malthe — aldrig.

Det er det forfærdelige, hvert møbel i hjemmet bliver et led i en lænke, der binder, selv når kærligheden for længst er slidt op, selv når den aldrig har været. To mennesker, der er forskellige, som to mennesker altid er det, tvinger sig til at have samme blik og samme smag. Hjemmet er resultatet af deres uophørlige strid. En strid, der ofte er stum, men derfor ikke mindre bitter.

Når jeg tænker på de snese og snese af gange, hvor Richardt og jeg gav efter for hinanden med en hensynsfuldhed, der til syvende og sidst vel var værre end det iltreste skændsmål . . . Hvor jeg foragtede hans smag, og hvor han — uden med et ord at røbe det — så ned på min.

Hans hjem var ikke mit, skønt vi som to ideelle ægtefæller bestandig var enige om tingene. Mit legeme — hans penge. Det er den rå sandhed.

Som man arrangerer personerne i et tableau vivant, forberedte jeg min ”levende grav” i det hus, Malthe havde bygget uden at vide til hvem. Og her opstod den følelse, der hedder besiddelsesglæde. Jeg kendte den før kun overfor smykker.

Huset blev for mig *et hjem*. Mit første, mit eneste. Alt her er mig kært, fordi det er mit.

Jeg holder af ormene i jorden, fordi de gavner *min* have. Jeg betragter fuglene i træerne om huset som min personlige ejendom. Jeg kunne ønske med en mur at omringe den himmel og de skyer, der rettelig tilkommer mig.

I Richardts hjem var jeg aldrig hjemme, og dog var det, som om nerver blev revet over, da jeg forlod det.

Jørgen Malthe er manden, jeg elsker, ud over det, er han mig fremmed. Vi tænker ikke ens, vi føler ikke ens. Han har sin verden, som ikke er min. Som en vampyr ville jeg udsuge ham. Hans arbejde ville, inden en måned var gået, blive mig forhadt. Vi er alle, når vi elsker, som Magna Wellmann ...

Det gyser i mig ved tanken om den store grimme stue, fyrretræsreolerne med de støvede bøger, kufferten med et rejsetæppe over, de snavsede gardiner, det bare gulv.

Hvem véd, om ikke den armods- og uhyggefølelse, der greb mig hin dag, var hovedgrunden til, at jeg aldrig vovede springet!

Op og ned ad gulvet gik han, talende i det uendelige om Brunelleschis kuppel. Han formede den i luften med sine hænder — og jeg tænkte mig de hænder omslutte mit hoved. I hvert tonefald røbede han sin kærlighed, men han talte om kuplen, der var mig så ligegyldig som blækpletterne på hans bord.

Så forvirret han blev, da jeg ytrede min forundring over, at han kunne nøjes med den bolig: — Her er jo sol! sagde han og rødmede.

Jeg er vis på, han mange gange har stået og bygget af solnedgangens røde guld og sten fra skyernes vældige marmorbrud.

Du store barn, hvor jeg elsker dig!

Men bygge hjem med dig, aldrig. Aldrig.

✳✳✳

Det er min fødselsdag. Her i huset véd ingen det. Hvem fester vel for sit treogfyrretyvende år? Det skulle da være Lili Rothe! ...

Jeg spurgte engang en kvindelæge: Hvornår hører man op med at være "kvinde"? Han så meget alvorligt på mig og svarede: — De, frue, vil sikkert have Deres overstået, når De er sidst i fyrrerne, men for resten er der ingen absolut grænse. Jeg har haft eksempler på, at kvinder højt op i tresserne har gennemgået de kriser, man skulle tro kun tilkom ungdommen!

Derpå kom vi ind på at tale om de tusinder af kvinder, som lægevidenskaben redder fra døden men siden bereder et sørgeligt halvliv. De kvinder, der i årevis går om med legemlige lidelser, knugede af et tungsind, der tilsyneladende er uden grund. Omsider søger de læge, lægges ind på klinik og optager efter overstået operation tilværelsen, som om de var raske, som om der intet var sket. Deres omværende behandler dem som før, der stilles alle det daglige livs — også samlivets krav til dem, og staklerne, der ofte dårligt selv véd, hvad der foretages med dem, er fortvivlede over ikke at kunne føle glæde ved tilværelsen.

Jeg tillod mig at sige, at i mange tilfælde havde det sikkert været bedre, om de aldrig var vågnet efter narkosen. Lægen satte mig i rette og mente, at jeg måske hørte til dem, der også holdt på, man skulle dræbe krøblinger ved fødslen for at befri dem for livets pine.

Jeg indser ikke, de to ting har med hinanden at skaffe, men jeg afholdt mig fra at slå ham på munden med et citat, der formelig har brændt sig ind i min erindring.

Hvor jeg husker Mathilde Bremer før og efter operationen. Hun var ikke bange for at dø, da hun vidste, at manden elskede hende. Men hun blev ved at sige til lægen: De må dræbe mig eller gøre mig rask, leve som en stakkel vil jeg ikke, hverken for min eller hans skyld!

Og hun blev "rask". To år efter opløste hun sit ægteskab, meget mod mandens vilje for resten, men sikkert til bedste for alle parter. Til mig sagde hun: Ingen tortur kan lignes ved, når man elsker en mand og véd sig genelsket — at ville være alt for ham og bestandig holde ham fast og *ikke kunne det, fordi legemet ikke mere slår til.*

Det liv, hun nu fører i sin ensomhed og som fraskilt, er ikke misundelsesværdigt, dog indrømmer hun at have det tusindfold bedre nu end før.

***

Man skulle tro, jeg var i færd med at uddanne mig som kvindesagskvinde! At jeg dog gider beskæftige mig med andre! Som om jeg ikke havde nok i mit eget.

Himlen være da evig priset, at jeg ikke er besværet af mine sønner, eller går om med indvendige skavanker.

***

Herrejemini, hvor tiden kan falde lang. Hvert døgn her har da mindst otteogfyrretyve timers varighed.

Jeg ligefrem føler sekundernes langsomme dalen. De lægger sig på mit hoved som støvet på de blanke bordplader. Mit hår begynder så småt at gråne.

Intet under, for resten, jeg forsømmer det. Hvorfor skulle jeg vedblive at fylde det med væsker, der kunstigt holder det ungt. Lad det kun gråne!

Torp har opdaget, at jeg har langt større glæde ved god mad nu end i den første tid.

Mine kjoler bliver for snævre. Jeg savner min massøse.

***

I dag har jeg gået linnedskabet efter med en omhu, som var jeg oldfrue i et adeligt frøkenkloster. Jeg fryder mig ved synet af de hvide stabler, og jeg har tal på alt. Med min guldbeholdning er jeg gerrig, men ellers kan jeg ikke få nok i huset. Jo flere flasker, krukker, dåser og poser, der er i fadeburet, jo bedre. På det område mødes Torp og jeg i fælles forståelse. Blev vi afskåret fra yderverdenen ved stormflod eller jordskælv, vi skulle kunne klare os en rum tid endda.

***

Var jeg mere sensibel, og havde jeg en smule fantasi — bare som Torp, der gør vers ved hjælp af salmebogsmetrikken — tog jeg mig for at skrive. Man vader jo i stof som i vissent løv om efteråret.

Såre behændigt, og uden at bringe mine modeller i forlegenhed, ville jeg afsløre en række kalkede grave under fællestitlen: *Kvinden i den farlige alder*. Men foruden fantasi mangler jeg vel også den tålmodighed, der hårdnakket og længe ad gangen beskæftiger sig med andres anliggender.

***

Vi sejler under falsk flag de fleste af os. Men det er nødvendigt, og det er sagtens også meningen. Skulle vi gå rundt og være gennemsigtige som glas, hvorfor fødes vi da med usynlige tanker?

Og viste vi os i vor sande skikkelse, blev vi sikkert eneboere hver på sin bjergtop — eller mordere nede i dalen.

***

Torp er vandret af til "aftensang", den engel som hun er! Hun tog lygte med, så vi ser hende vel først hen ad midnat. Af hensyn til hendes aftensang fik vi middag ved frokosttid. Ja, Torp forstår at tage tilværelsen! Naturligvis skal hun ikke mere i kirke end jeg, det gælder vel en eller anden af de søfolk, der "ligger op" her for vinteren. Fred være med hende. Men jeg keder mig.

Jeg har en bitter følelse af, at Jeanne og jeg sidder i skammekrog hver i sin etage. Min barndoms søndage var ikke værre.

Den smule sprukne klokkeklang skiller dagen ud og fordømmer den. Både Jeanne og jeg ligger under derfor. Jeg har prøvet de tyve ting og opgiver dem alle.

Var det endda sommer. Jeg har samme kvælende fornemmelse, som sad jeg i et jasminlysthus — men det er midtvinter, og min hud har i måneder ikke kendt parfume.

På Gammeltorv var søndagen ikke bedre. Dér havde jeg Richardt fra morgenstunden. Det er galt at kede sig alene ... men værre, når man er to. At Richardt dog aldrig mærkede det! Han forekom mig som en malende mølle, når han talte, og jeg fik melet i øjnene.

. . . .

Jeg vil løbe en rask tur ...

. . . .

. . . .

Hvad går der af mig, jeg er så nervøs, at jeg dårlig kan holde på pennen. Aldrig har jeg set tåge falde med en sådan brathed. Jeg troede nær ikke, jeg havde fundet vej. Den er så tæt nu, at jeg ikke kan se de nærmeste træer. Den trænger ind i huset. Den hænger ned fra loftet. Mine klæder er klamme, selv de inderste.

Ilden er gået ud. Jeg fryser. Det er min egen skyld, jeg kunne have ringet på Jeanne eller selv lagt brænde på, men jeg kan ikke bekvemme mig til noget.

Hvad ligner det også af Torp at blive borte halve dage ad gangen. Og hvordan skal hun finde hjem? Ikke med tyve lygter kan hun se ti alen frem. Lampen her brænder, som om der var vand i olien.

Jeanne går op og ned oven på, jeg hører det, skønt hun går så sagte. Hun er også urolig. Vi påvirker hinanden. Det er ikke første gang, jeg mærker det.

Blot hun af sig selv kom herned, så vi var to!

På ære jeg har samme kulde i ryggen som hin aften, Stine lokkede mig med over kirkegården, og jeg troede, jeg så de døde stå ud af gravene. Da var det også tåge. At man husker så langt tilbage og så skarpt!

Træerne rører sig ikke. Det er, som om også de lytter efter noget. Efter hvad? Her er jo ingen. Ikke andre end jeg, og så Jeanne.

En anden gang får hun ikke lov at gå. Vil hun absolut i kirke, kan hun gå om formiddagen.

Det er alligevel en utryg sag at være alene her midt inde i skoven, uden så meget som en hund eller et mandfolk i nærheden. Kom her noget på, var man prisgivet.

Som nu de drukne matroser, der ruskede i porten forleden . . . Skønt da var jeg ikke det ringeste bange. Da var det mig, der blæste mod i Torp.

Det aner mig, Jeanne er dødsensangst. I himlens navn, for hvad? Jeg sidder her med pennen og tør ikke slippe den. Den ligger i min hånd som et våben. Kunne jeg dog få mig til at ringe . . .

. . . .

. . . .

Så, så, så. — Min hånd ryster som et espeløv, men hun må ikke se det. Jeg vil lade som ingenting. Stakkels pige! Hun kom farende ned og ind, uden at banke på, hvid i sit ansigt og med stive øjne. Hun klamrede sig til mig som et barn, der har drømt ilde. Hvad er der med hende? Hvad er der med mig? Vi er begge lige skræmte. Tågen har slået os med vanvid.

Jeg har tændt alle lysene, de flakker sygt som Jeannes blik.

Tågen bliver tættere. Jeanne sidder i sofaen med hænderne under hjertet, jeg synes, jeg hører det slå.

Det er, som om nogen er ved at dø, her i min nærhed, her i min stue.

Jørgen . . . Er det dig? Svar, er det dig?

Åh, jeg er gal. Jeg er jo ikke overtroisk, kun bange.

Alle døre er låst, alle vindueskroge er på. Det er ganske stille, jeg hører ikke en lyd derude.

Det er stilheden, der skræmmer os. Ja, den er det . . .

. . . .

Nu sover hun. Jeg kan næsten ikke se hende for tåge, hun sidder som en skygge, som en åndetegning, tågen ligger over hendes hår som røg over ild.

Ingenting véd jeg om hende, hun er tavs med sit som jeg med mit. Dog er det, som om jeg i denne time gennem hendes grænseløse angst har set til bunden af hendes sjæl. Jeg forstår hende, fordi vi begge er kvinder. Det er blodets uro. Blodets evige, kvalfulde uro. Blodet der kræver sin ret.

Hun er skræmt i sit inderste, nogen har gjort hende fortræd, og hun kan ikke tale sig fred til.

Hun og jeg har det fælles, der ellers kun findes mellem blodbeslægtede. Vi burde ikke være under tag sammen.

. . . .

. . . .

Tågen begynder at lette. Lysene brænder klart. Jeg ser drømmene gå under hendes pande. Munden står åben som på en dødning. Hvert øjeblik farer hun op, men når hun ser mig, smiler hun og falder hen igen. Gode gud, hvor er hun udmattet af angst.

Men der er nogen . . . der er nogen . . . Ude mellem træerne. Der går nogen

. . . .

. . . .

Torp. Ikke andre end Torp, med sin lygte og sypigen oppe fra landsbyen! I samme nu, hun åbnede kælderdøren, og jeg hørte hendes røst, var jeg mig selv igen.

Vi har spist som ulve, for første gang har Jeanne siddet ved mit bord og spist med mig — for første og vel for sidste. Torp lavede øjne som tekopper, men hun vogtede sig dog for at bryde ud i ord.

Så meget har jeg lært af denne aftens vanvid, at jeg snarest vil anskaffe et mandligt individ til vor beskyttelse.

. . . .

Jeanne har betroet sig til mig. Hun var for oprevet til at sove. Hun bankede på og bad, om hun måtte komme ind. Jeg var gået i seng men lod hende komme. Hun sad så ved min seng og fortalte mig sin historie.

Den er forunderlig nok, så forunderlig, at jeg får lyst at skrive den ned.

Nu forstår jeg bedre hendes smukke hænder og hele

hendes væsen. Nu forstår jeg også, hvorfor hun en dag stod og bladede i Anatole France, som om hun læste fransk.

Hun var født efter et tolvårigt ægteskab; da hun var tretten år, holdt forældrene sølvbryllup. Indtil da havde hun levet i troen på, at alt var godt og lykkeligt mellem dem. Faderen var apoteker i en lille by, og de førte selskabeligt hus.

Sølvbryllupsfesten stod i deres eget hjem. Ved bordet blev Jeanne uvel af vinen og måtte gå bort. Til moderen hviskede hun, at hun gik op på sit værelse, men på vejen følte hun sig så svimmel, at hun tog fejl og gik ind på gæstekamret, hvor moderens fætter, en ritmester fra nabobyen, boede. Hun var for træt til at gå igen, og lagde sig derfor i mørket på en sofa. Noget efter vågnede hun og hørte dansemusikken nedefra, men følte ingen lyst til at gå ned. Hun faldt hen igen. Da hun anden gang vågnede, hørte hun hvisken i sin nærhed. Straks blev hun kun flov over, at gæsterne skulle finde hende dér, og hun trak vejret ganske sagte for at undgå at blive bemærket. Så skelnede hun moderens stemme. Lidt efter forstod hun.

Hendes mor, hendes forgudede mor, og officeren, hun med sit barnehjerte beundrede!

Så tændte de lys. Hun tvang sig til at lade, som om hun sov fast. Hun hørte moderens forfærdede: — Jeanne! Og ritmesterens: — Gudskelov, hun sover som en sten!

Moderen rettede på sit hår, og de forsvandt.

Lidt efter kom moderen igen med en lampe i hånden og kaldte: — Jeanne, barnlil, hvor er du? Vi går og leder alle vegne!

Moderens foregivne overraskelse over at finde hende, gjorde det hele end mere gyseligt for barnet. Men med en sidste rest af krampagtig sjælsstyrke mumlede hun: — Jeg er så træt, lad mig da sove!

Moderen bøjede sig over hende og kyssede hende atter og atter, men for barnet var det, som om hun skulle dø under de kys.

Den ene times sørgelige viden havde sprængt livsglæden i hendes sind, mere end det, havde fyldt hende med urene tanker, der forfulgte hende ved dag og nat.

Hun modnedes før tiden, og modnedes til sin egen fortvivlede angst.

Ingen havde hun at betro sig til. Alene bar hun byrden af to hemmeligheder, der hver for sig var nok til at tynge hende ned.

Hun kunne ikke møde moderens blik og veg for faderen, som om han havde gjort hende uret. Hun længtes kun efter at komme bort. Alt i hende var besudlet.

To år efter døde moderen. Jeanne var ikke til at formå til at vise hende mindste tegn på ømhed. Moderens klagende blik blev ved at følge hende, hun lod som intet. Et øjeblik, hvor faderen var borte, kaldte hun hende hen. Jeanne kom. Moderen så på hende: — Du véd det! Jeanne bøjede sit hoved til svar. — Tilgiv mig, barn, inden jeg dør! Men hun gik bort fra moderen uden at værdige hende svar.

Næppe havde lægen erklæret, at livet var udslukt, før angeren meldte sig. Og i sin iver for at gøre noget godt til gengæld for sin hårdhed, besluttede barnet i hvert fald at gøre sit til, at faderen intet skulle opdage.

Samme nat gav Jeanne sig, i det værelse, hvor moderen lå lig, til at gennemrode alle skuffer og gemmer. Og hun fandt de breve, hun ledte efter. De lå i bunden af moderens smykkeskrin. Hun stak dem til sig, men idet hun ville lægge smykkerne tilbage, kom faderen ind, han havde hørt støjen. Hun kunne ingen forklaring give og måtte finde sig i hans frygtelige anklage: — Er du så grådig efter smykker, at du ikke kan vente, til din stakkels moder er kommet i jorden? —

Samme år lod hun sig forføre af en af kandidaterne på apoteket, men da han talte om forlovelse, vrængede hun ad ham. Siden løb hun bort med en handelsrejsende, og hverken trusler eller gode ord formåede hende til at vende tilbage.

Endnu et par gange fristede hun den lykke, som for hende ingen lykke blev, at give sig hen til tilfældige mænd. Den eneste glæde, hun havde deraf, var de smukke klæder, man forærede hende. Men da hun indså, at skøgetilværelsen ikke passede hende, tog hun resolut plads hos en tysk familie, der rejste til Syden.

Dér blev hun, til længsel efter hjemlandet drev hende tilbage. Hendes totale mangel på ærgerrighed er skyld i, at hun føler sig tilfreds med en ganske underordnet stilling. Fra faderen hører hun ikke mere, men hun véd, at han har bortlegeret sin formue, og det volder hende ingen bekymring. Hun lever kun, fordi hun ikke kan bekvemme sig til at søge døden.

Jeg gad vide, om der findes den mand, som kan redde hende. Den mand, som kan fjerne bitterheden af hendes hjerte. Hun fortæller mig, at jeg er det eneste menneske, hun har følt sig tiltrukket af. Hvis jeg var en mand, ville hun elske mig og ofre alt for mig.

Det er et ret uhyggeligt fænomen. Men jeg har ondt af pigen. Hun er en blanding af større kulde og stærkere glød end nogen anden, jeg kender.

Da hun havde sagt, hvad hun havde at sige, gik hun ganske stille bort. Og nu véd jeg, i morgen er alt mellem os som før i går. Hverken hun eller jeg vil hentyde til tågen og det, tågen førte med.

***

Nå, en gartner kan jo endelig ikke forpeste luften her. Keder han mig, siger jeg ham op.

Mennesket kommer fra Frijsenborg, vil han nøjes med min halve tønde land, må han have skjulte fejl foruden sit ansigts grimhed. Men forhøre om hr. undergartner Jensens sjælelige kvalifikationer gider jeg dog ikke.

Vi rodede i fotografierne, som var det kjoleprøver fra paris, Jeanne og Torp var med. Til min stille morskab så jeg Jeanne uvilkårlig holde enkelte af billederne op for sin næse, som mente hun, lugten lod sig fotografere med.

Af klogskab valgte jeg ham, han skal næppe gøre det af med freden her.

Heldigt nu, at jeg lod særlingens skur stå, hans to kamre må være gode nok til den herre, og så har vi ham lidt på afstand. Torp spurgte, mellem ”jeg vil og jeg vil ikke”, om han skal spise i kælderen. Det må han vel, da jeg ikke har tænkt mig ham til vis à vis. Forresten kan han jo spise ovre hos sig selv, derved slipper vi for lugten.

Vi nedstammer dog vist alle fra menneskeæædere eller hunde, siden lugten har en så mægtig indflydelse på vore sanser.

Jeg skulle påtage mig i det blindeste mørke kun ved hjælp af min næse at finde enhver mand, jeg kender, for så vidt jeg da har været ham nær nok til at fornemme hans atmosfære. Skammeligt at tilstå, men jeg har det jo med mænd som med blomster, jeg værdsætter dem efter duften, og det er ikke altid den blideste duft, der tiltaler mig mest.

Jeg husker en lille engelsk opvarter, blot han gik min stol forbi, var det, som om alle mine porer åbnede sig og drak ham ind. Jeg så ham tørre sveden af sin pande. Ja, havde Richardt ikke været med!

Derfor var det, jeg ikke tålte v. Brinckens berøring — og derfor var det, Richardt fik bugt med mine sanser.

Hver gang jeg bider i stedmoderblomstens stængel, har jeg samme vellystfornemmelse, som da den engelske opvarter hidsede mig op.

Mænd burde ved lov forbydes at benytte nogen slags parfume. Skaberen har i den retning forlenet dem med alt, hvad de behøver. Med kvinder er det en ganske anden sag, synes jeg.

Der kommer dog de øjeblikke, hvor vi ikke, trods alverdens kunstige og æteriske olier, slipper for at udlevere det, vi så omhyggeligt prøver at skjule.

✳✳✳

Jeg bliver gal af al den syngen og spillen. Det er, som bådene roes af sang, og skibene skydes gennem vandet af græsselige orkestre — fædrelandssange og folkeviser den udslagne dag.

Til tider ligner Sundet en stor blændende tørreplads med alle sine røde og hvide og lappede sejl.

Var de fugle, de både, jeg købte en bøsse og øvede mig i at skyde for at plaffe dem ned. Men de er nok fredede om sommeren.

Strøget i en storby kan ikke være mere befærdet end vandet her, der i vinter var stille som et kapel.

Mennesker begynder at gå i min skov og luske rundt om min have. Jeg ser dem med deres nysgerrige ansigter mod gitterporten. Jeg tror, jeg anskaffer mig en hund til at sætte skræk i dem. Skønt, så skal jeg vel døje dens hylen efter kvindeligt selskab.

Som han ærgrer mig, den gartner. Hans øjne formelig skinner af slimede tanker. Jeg ville give penge til, han var vel herfra.

Men han har et fodskifte . . . Aldrig har jeg set et mandfolk gå på sine ben som han. Han véd det, og han véd, at jeg ikke kan undlade at se det.

Torp er besat af ham. Til hans ære bereder hun de smukkeste retter. Hendes franske kogebog er i brug alle dage nu. Og af de krydrede dufte, der står ud fra kælderen, mærker jeg, at hans smag er for det stærke.

For Jeanne er han luft, heldigvis. Om end hun vel har bemærket hans gang og hans lænder.

Middagstimerne er de bedste. Da er der stille på vandet, og selv fuglene holder hvil. Da sover gartneren, og Jeanne sidder på verandaen, som jeg har tilladt det, med sit lille sytøj. Det er noget med smalle silkebånd, der bliver til roser, et lille nydeligt arbejde.

Kære professor Rothe!

Deres brev gjorde så stærkt indtryk på mig, at jeg ikke, som jeg gerne havde villet, kunne skrive straks. Derfor det korte, telegrafiske svar, som jeg desværre må gentage: Jeg véd intet. Aldrig har Lili med et ord antydet noget, der pegede i den retning. Jeg tror, jeg tør sige, hun aldrig har nævnet direktør Schlegels navn for mig.

Min første tanke var den, at Lili måtte være blevet gal, og det undrede mig, at De som læge ikke selv havde indset det. Men ved moden overvejelse — jeg har i disse to døgn kun tænkt på Lili — er jeg kommet til en anden anskuelse.

Jeg tror, jeg begynder at fatte, hvad der er sket, men jeg beder Dem huske, at hvert ord står for min egen regning. Det er en formodning, ikke mere.

Lili har ikke bedraget Dem. Med hendes retsindige natur er ethvert bedrag udelukket. Når hun over for Dem og over for os alle har vist sig som fuldkommen lykkelig i sit ægteskab, var hun det også. Jeg besværger Dem, tro det.

Lili, der aldrig sagde blot en nødløgn, Lili, der vågede over sine børn som den mest gammeldags moder, der var bange for, hvad de læste, hvilke skuespil de overværede, hun skulle bag Deres og børnenes ryg have stået i forhold til en anden mand! Umuligt. Umuligt, professor Rothe. Jeg siger ikke, De har hørt fejl, men De har lagt en anden betydning i Lilis ord.

Ikke én men tusinde gange har Lili overfor mig udtalt sig om Dem. Hun elskede Dem. Hun ærede Dem. De var for hende idealet af en mand, af et menneske, af en fader. Hun var stolt af Dem. Hun selv var, som så mange gode kvinder, uden personlig ærgerrighed og uden forfængelighed. Kun på Deres vegne var hun ærgerrig og forfængelig. Hun holdt formelige foredrag om Deres operationer.

Jeg behøver jo ikke at sige det, ingen véd bedre end De, hvorledes hun fulgte Deres arbejde. Hun, der lærte latin for at kunne forstå Deres mange videnskabelige værker. Hun, der, trods sin oprindelige skræk for blod, gik til anatomiske forelæsninger, hun, der overværede Deres demonstrationer . . .

Når Lili siger til Dem: — Jeg elsker Schlegel, og har elsket ham i mange år! Betyder dette ikke: — Og i al den tid har min kærlighed til dig været udslukt.

Nej, Lili elsker Dem, og hun elsker ham. Det hele er så simpelt og så indviklet på samme tid.

De vil mene, at enten elsker man den ene eller den anden, og De vil med en vis berettigelse hævde, at Lilis bortgang i hvert fald beviser, at hun på dette tidspunkt alene elsker Schlegel.

Alligevel hævder jeg, således forholder det sig ikke.

Lili er tilsyneladende en sund og nøgtern natur, der tager fornuftigt på tingene. Hendes berømte sindsligevægt har narret os alle. Bag den har slumret den mest kvindelige af alle kvindelige egenskaber: det fantastiske sværmeri.

Véd De eller jeg, hvorledes Lilis første ungdomsdrømme var beskafne? Har De nogen sinde, trods Deres lykkelige samliv, prøvet at trænge ind i det rent sjælelige hos Lili? Tilgiv min tvivl, men jeg tror det ikke. Ejer man, som De ejede Lili, bliver man sikker. Ingen tvivl har foruroliget Dem. De har end ikke tænkt Dem muligheden af, at Lili kunne føle noget savn i Deres nærhed. De har ment, De fyldte hende ud, helt og ganske.

Véd De, om hun ikke i mange år har båret på en længsel, hun ikke selv begreb, en tomhed, der var hende uforklarlig, véd De det?

De er ikke blot en klog og en dygtig mand, De er også en god og hyggelig mand, De er underholdende, De har et utal af dyder, som i Lilis øjne rakte til stjernerne. Men synderlig poetisk er De ikke. De går fast på jorden, De tror kun, hvad De ser. De dømmer ikke overilet, De er retfærdig i Deres syn og i Deres dom.

Men læg mærke til Lilis grænseløse overbærenhed. Hvorfra stammer den, om ikke fra en medfølende forståelse, der er os andre fremmed. Husker De, hvor ofte vi lo, når Lili skulle forsvare en eller anden forbryder, der absolut var uforsvarlig? Da kom der i hendes blik noget anstrengt søgende. Hendes hjerte indgav hende et forsvar, forstanden ikke fandt ord for.

Hun stod ganske ene med sin medfølelse mod os andre skeptiske kolde mennesker.

Hvad har hun ikke lidt under det?

Husker De hendes lyst til at drøfte religiøs-filosofiske spørgsmål? Hun var ikke "troende" i den forstand, hvori ordet almindelig tages, men hun ønskede at komme til bunds i ting, der satte hendes fantasi i bevægelse. Vi andre slog sådant hen. Det kedede os.

Og Lili, der var blid, bøjede af.

Husker De hendes passion for blomster? Det var hende en fysisk lidelse at se afplukkede blomster, der ikke stod i vand. Jeg har set hende engang købe så mange, hun kunne bære, af en kone i en port på Vesterbro — kun for at give dem det vand, de tørstede efter. Hverken De eller nogen af børnene havde sans for blomster. De, som læge, forfægtede endog, det var usundt at have planter i værelserne. Følgelig var der ingen. Lili har aldrig beklaget sig over det.

Lili forstod ikke moderne musik. Hun kedede sig over César Francks og fik hovedpine af Wagner. Et gammeldags spinet var hendes yndlingsinstrument. I hjemmet terpede fire lange pigebørn Rubinstein og Wagner på koncertflygel, medens De, min gode professor, gik og fløjtede falsk, når De var i allerbedst lune.

Endelig havde Lili det med små stilfærdige ord, og hun var omgivet af højttalende mennesker.

Det er alt kun bagateller. Men det forklarer, at selv om hun har følt sig fuldkommen lykkelig, hvor hun var, må der have været områder, hvor hun ikke blot ikke blev tilfredsstillet, men hvor hun uden nogen ond vilje daglig blev såret.

Lili søgte aldrig fejlen hos andre. Har hun mærket mangel på forståelse af det, der var hende kært, har hun i samme øjeblik søgt at underkue denne fornemmelse som urigtig, og hendes ligevægtige sind har båret hende over det.

Hun var glad, for hun ville være glad. Hun havde engang sat sig fast i hovedet, at hun var det lykkeligste menneske, i alle retninger det lykkeligste, altså blev hun idel taknemmelighed.

Men langt inde i hende, så langt inde, at det måske end ikke nåede op til overfladen i form af drømme, har ligget det, som blev skyld i ulykken.

Jeg *véd* jo intet om hendes forhold til Schlegel, men jeg tør igen påstå, forholdet har i hovedsagen været af sjælelig art. Netop derfor så skæbnesvangert.

Jeg kan tænke mig, at klangen af hans stemme — kender De den? han talte sagte men forunderlig blødt — fra først af har behaget hende. Og at hun ganske langsomt, uden at vide deraf, er gledet imod ham. At han har ejet alt det, hun savnede.

Manden er jo så godt som afdød, han kan aldrig forklare os, hvad der var imellem dem. Hvis der overhovedet har været noget. Så vidt mig bekendt, var Schlegel lige til det sidste meget optaget af en anden dame. Havde han været forelsket i Lili, havde han ikke, ganske afgjort ikke, ladet sig nøje med ord og håndtryk. Og da Lili ikke kan have bedraget Dem, — det er udelukket — vil jeg formode, manden har været uvidende om hendes følelser.

De vil sige, at i så fald er det jo den rene overspændthed af Lili. På ingen måde. Men De er mand, og De forstår ikke, hvormed en kvinde kan lade sig nøje, når hendes kærlighed er tilstrækkelig stor.

Hvorfor gik Lili da fra Dem? Hvorfor nægtede hun

at give forklaring? Hvorfor tillod hun Dem at tro det værste?

Jeg siger Dem jo, hun elskede på samme tid de to mænd, hvis forskelligartede natur og væsen udfyldte hende. Var Schlegel ikke faldet med hesten og havde pådraget sig den rygskade, der berøvede ham alle sansers brug, var Lili blevet hos Dem og havde bestandig været den samme lykkelige hustru og mor. Og var De faldet med hesten, havde hver tanke om Schlegel været udvisket, og hun havde kun tænkt og åndet for Dem.

Nu ville tilfældet, at ulykken ramte ham. Lili har ikke haft styrke til at bekæmpe den første forfærdelige sorg. Det er slået sammen over hovedet på hende. Hun har pludselig følt sig i en falsk stilling. Den kærlighed, der blev næret af fantasien, er forekommet hende at være den ene rigtige. Hun har følt sig som forræder mod Dem, mod ham, mod sig selv. Det har været hende en livsfornødenhed at bringe det offer: at forlade alt for at bevise sin kærlighed.

Men De, professor Rothe, har handlet som en dåre. De har handlet, som ethvert gennemsnitsmandfolk i lignende tilfælde ville handle. Forfængelighedens krænkelse er hos Dem, som hos de allerfleste, større end hjertets.

Der var kun to alternativer, enten var Lili gal, eller hun var ansvarlig. De var overbevist om, hendes forstand intet fejlede, altså har hun koldblodig bedraget Dem. Hun ønsker at gå, De slipper hende. Hvad der siden bliver af hende, vedkommer ikke Dem. De vasker Deres hænder.

De skriver til mig, at De foreløbig kun har indviet

de to ældste døtre i moderens adfærd. At De nænnede det! At De ikke før fandt tusinde falske grunde at give!

Lili har kendt Dem bedre, end jeg troede. Hun har vidst, at bag Deres godhed var et koldt, selvretfærdigt hjerte. Hun har vidst, at i Deres hjem var hun en fremmed, en forbryder, den dag De erfarede, at De ikke havde haft herredømme over hver af hendes tanker og følelser.

De har ladet hende gå. De har troet, at hun spillede en artig komedie bag Deres ryg, og at jeg var medvider, måske den oprindelige frister.

Lili har søgt ly hos sin gamle barnepige! Hvor betegnende! Lili, der havde akkurat lige så mange venner som De og jeg, har med sit fine instinkt indset, at ikke én af vennerne var hendes ven i ulykken.

Var De, professor Rothe, lidt af et stort menneske, véd De, hvad De så gjorde? Så sørgede *De* for, gennem overlægen, at Lili fik sit eneste ønske opfyldt, at være hos Schlegel, til alt er forbi.

Tænk over, hvad jeg nu siger. Lili er og bliver den samme som altid. Hun elsker Dem, og en sådan handling fra Deres side ville fylde hende med livsalig taknemmelighed. Og gik der endelig noget fra Dem, fordi hun et par uger, eller hvor længe det nu kan trække ud, opholder sig hos en syg, der end ikke kan genkende hende, der ikke kan sige et ord, gøre en bevægelse?

Når Schlegel ikke var mere, ville Lili ikke vægre sig ved at gå med Dem — forudsat det var med Deres billigelse, hun havde været hos ham. Det er muligt, hun i den første tid ville føle sig nedbrudt, men det blev da Deres sag at besejre en anger, der intet sted hører hjemme.

Jeg kender en smule til Schlegel, for år tilbage så jeg ham endog ret ofte. Uden at være nogen eminent personlighed havde han netop det over sig, der drager kvinder.

Man tiltroede ham alle de egenskaber, hvormed man udstyrer sine drømmes helt. Om De forstår mig. Jeg kunne tænke mig en kvinde, for hvem fast mandighed var det højeste, hun ville i Schlegel se den ubøjelige fasthed, medens også en kvinde, for hvem blidhed var alt, ville tillægge Schlegel den ømmeste mest eftergivende blidhed. Hemmeligheden var måske den, at manden havde kendt så mange kvinder, at han — en uhyre sjældenhed for resten — vidste at tage hver enkelt på sin facon.

Schlegel var et levende menneske, han kunne for den sags skyld godt have været en romanfigur, eller et billede — Lili havde forelsket sig i ham på samme måde, fordi hendes forelskelse var en fantasi.

Gør nu, som De vil. Men det skal De da vide, at tager ikke De affære nu, så gør jeg det. Jeg er en særdeles egoist og indrømmer det gerne, men Lili holder jeg af, og slipper De hende på denne grusomme og meningsløse måde, henter jeg hende her over til mig, og så skal jeg vel vide at erstatte hende en utaknemmelig mand og en flok dumt ligeglade børn. En af Lilis tårer er mere værd end hele Deres mandfolkede vrede.

Et endnu, før jeg standser. Lili er, såvidt jeg erindrer, et år ældre end jeg. Kunne De ikke, hr. kvindelæge, have fundet en forklaring dér? Var Lili femogtredive eller otteoghalvtreds, var dette jo ikke sket. Jeg ynder ikke at indvie fremmede — og for så vidt er De mig jo en fremmed, om De aldrig så meget er gift med min kusine — i mine strengt personlige forhold, alligevel vil jeg sige Dem: Vi er i en vanskelig periode. Jeg føler det hver dag. Dette brev, som jeg nu har skrevet med fuldkommen rolig hjerne, havde jeg absolut ikke kunnet skrive hele den foregående uge. De ville i stedet for have fået et væv af meningsløse udbrud.

Vis Lili at Deres kærlighed ikke er ren og skær egenkærlighed.

Med hjertelig hilsen Deres

Elsie Lindtner.

Deres udfald mod mig er det ikke værd at drøfte. Jeg kunne ikke handle anderledes, end jeg gjorde, og jeg angrer intet.

Jeg siger ham simpelthen op, og det den dag imorgen. Han kan få løn og kostpenge, blot jeg bliver ham kvit.

Jeg vil have lov at sove i fred og vide mit hus lukket og slukket. Og jeg kan ikke sove, så længe det menneske er hos hende.

Selvfølgelig angår det ikke mig, om Torp har mandfolk hos sig eller ej, men det generer mig. Jeg kommer til at tænke på ting, jeg ikke ønsker at tænke på.

Jeg synes, jeg hører dem hviske og le dernede. Vås, ikke en lyd hører jeg. Fuglene er urolige, heller ikke de kan sove i de lyse nætter. Himlen er som sølv. Vandet skinner.

Hvad nu? . . . Se, se, jomfru Jeanne går i skoven. Hendes hoved ligner oppe fra en af de smukke svampe, der gror mellem granerne.

Hvis han slog ned på hende . . . Men Torp . . . . .

Jeg får selv lyst til at gå over i skoven og overlade huset til de to dernede. Men løber jeg på Jeanne, hvad så? Hvad skal jeg give som grund? Det ville dog være for latterligt, om vi begge strøg rundt i skoven, fordi Torp har en mand i kælderen.

Vinduer og døre er åbne, der er to etager mellem os, endda synes jeg at mærke hans ramme, ækle atmosfære

. . . Hysteri.

Nej, sove kan jeg ikke. Og nu er klokken fire. Solopgang er en dejlig ting, når man er oplagt til at nyde den. Jeg ville i øjeblikket foretrække det sorteste mørke.

Så, dér er han. Luskende som en tyv. Han ikke så meget som vender sig og ser tilbage. Jeg er da vis på, hun, kræet, står i døren og vifter og vinker . . .

Men hvad går der af Jeanne? stakkels pige, hun står ret op og ned bag et træ. Hun vil ikke opdages af ham. Det var også for stor en ære at gøre den karl.

***

Blot det at se Richardt spise var — eller blev — mig en daglig lidelse. Skønt han jo behandlede kniv og gaffel med fuldendt gratie. Om han engang havde lagt albuerne på bordet, eller bidt af et uskrællet æble, eller smasket! Richardt smasket!! Men evig og altid den samme urokkelige korrekthed.

Jeg glemmer ikke hans sart bebrejdende blik, når jeg flængede et brev op, inden han nåede at bringe mig papirkniven. Sandsynligvis gjorde det ondt i hans nerver på samme måde, som det gjorde ondt i mine, når han spejlede sig.

En plet på dugen forstemte og distraherede ham. Han nævnede den ikke, men han så på den, som var det blodspor efter en forbrydelse.

Hans alt for pilne properhed tirrede mig til, mod min natur, at begå alle mulige småsjuskerier. Med vilje satte jeg bøgerne skævt ind i bogskabet — ikke var han jo fem minutter i stuen, før han vejrede det og fik glattet efter.

Nå, havde jeg elsket ham, var vel denne hans ordenssans kun blevet en charme mere ...

Gad vide, om Richardt har været mig tro! Eller rettere, om han har haft noget ud af *ikke* at være det. Selvfølgelig er tilfældets fristelse kommet også på hans vej, og medens jeg som kvinde havde de tusinde ting, der hindrede mig i at give efter, var han i sin rimelige ret til at tage, hvad der faldt for.

Og naturligvis har han gjort det. Om ikke andre steder så på sine forretningsrejser. Om ikke andet, så når længslen efter mig blev allerstærkest.

Men jeg er da temmelig vis på, at udbyttet, han har haft, har været pauvert. Jeg frygter jo ikke for sammenligning mellem mig og — de andre.

Og måske har min gode Richardt til syvende og sidst — netop ifølge hans usædvanlige "ordenssans" — været mig tro i alle måder.

Jeg kunne næsten lide at have været ude for "et bedrag" af den aller højtideligste art med opdagelse, opstandelse, scener, suk og tårer. Hvem véd, hvad det havde været godt for! Den tryghed, hvormed hans bestandige forelskelse omgav mig, har i hvert fald ikke været ham nogen fordel.

Den eneste — den aller eneste — gang jeg fornemmede en smule skinsyge, og fornemmelsen var ikke behagelig, var den sikkert mere end grundløs. Det var, da han foreslog mig at invitere Edith med til Monaco. Han blev da også ganske bleg, da jeg spurgte, om mit selskab ikke længere var ham nok.

I det hele taget, jeg begriber jo ikke, at voksne mandfolk kan tage syttenårige alvorligt. Mig irriterer de kun.

***

Malthe er kommet hjem fra Wien. Altså har han været i Wien! Jeg havde tænkt mig ham i København.

Underligt nok, at det kan forstemme mig. Enten han er her eller dér ...

Var han ti år yngre, eller jeg endnu ti år ældre, kunne jeg have adopteret ham. Det er før hørt, at ældre damer på den måde erstatter skødehunde. Og valgt kone til ham. Samlet en flok skønheder og valgt den smukkeste. Hvilken udsigt!

***

Jeg har ikke gjort mig latterlig, og jeg gør mig ikke latterlig.

***

Jeg møder mennesker i skoven. I min skov. De plukker blomster og bryder grene af, jeg synes, de stjæler fra mig. Kunne jeg forbyde folk at gå i skoven og sejle i Sundet!

Det er galt nok, jeg skal have den gartner trampende rundt i min have. Han er overalt. Haven bliver så lille, siden han er kommet. Og alligevel må jeg ofte stå og se på ham, når han graver. Han har kræfter, og han bruger dem. I min nærhed er han mere end underdanig, men hans frække øjne nægter sig intet.

Torp går sig slank for at skaffe fede kyllinger til ham. Til gengæld spiller han kort med hende.

Jeanne afskyr ham. Hun formelig samler kjolen om sig, når hun går forbi ham. Det glæder mig.

***

Jeanne og jeg har leet omkap som to børn til mor-

gen. Jeg stod og så udover vandet og sagde i tanker: —
Her måtte være dejligt at bade! Jeanne svarede: — For
den, der havde et badehus! Og jeg, der stadig var tan-
kefuld, sukkede: — Ja, for den, der havde et badehus!
Pludselig kom vi til at le aldeles ustyrligt.

Og nu er Jeanne på jagt efter håndværkere. Vi skal
have dem på akkord, ellers bliver de aldrig færdige. Jeg
husker nok fyren, der savede brænde i efteråret.

Og så vil jeg tage solbad hver dag.

***

De er mestre beggeto. Tømmermestre, og de lader
til at være gode venner. Jeanne og jeg ligger ude i båden
og ser på dem og styrker dem med øl. Men lige meget
hjælper det. De forhaster sig ikke. Den ene har kone og
tolv børn, der sulter. Når de har sultet en rum tid, går
de rundt og tigger. Manden synger som en lærke. Han
har været i Amerika to år, "men det var meningsløst,
som de jagede på derovre", så gik han hjem som fyrbø-
der. "Danmark er sådan et rart lille land, og der er så
kønt med alt det vand og skovene"...

Jeanne og jeg smiler til hinanden, vi morer os kon-
geligt.

I forgårs kom de ikke. Der var død et barn inde på
øen, og den ene mester, som også var ligkistesnedker,
skulle skaffe kiste. Det var jo en gyldig grund. Men da
jeg spurgte, om kisten var blevet færdig, svarede han:
— Jeg købte den inde i byen, så slap jeg for det besvær!
Og hans ven og kollega tog med til byen, for at hjælpe
at vælge!

Vandet er klart og sandbunden hvid og fast. Jeg længes efter at prøve. Jeanne har tilbudt at ro båden langt ud, men bade fra båd, og i hendes nærværelse! Så hellere vente.

***

Det er fuldmåne. Langt ude sejler både med hvide sejl. De glider i natten som svaner på en sø. Her er så stille, at jeg hører, hvergang en fisk snapper efter luft. Hvergang en fugl rører sig i sin rede. Jeg mærker helt herop duften af de røde roser, der sprang ud i går ...

Jørgen Malthe ...

At skrive hans navn er som give ham et af de kærtegn, mine hænder skælver, efter...

Ja, jeg må ud i det vand.

Jeg klæder mig af heroppe og svøber badelagnet om mig. Jeg går ud nede ved granerne.

. . . .

. . . .

Dejligt, dejligt! Hvad behøver jeg badehus for? Jeg går ud fra min egen have. Bunden er fast og blød som stien mellem granerne. Sandet skrider som nålene. Der var morild. Mine arme gled i sølv. Jeg havde lyst at stænke ildstjernerne til alle sider, men jeg forholdt mig stille. Jeg svømmede ud til pælene, hvor bundgarnene er gjort fast. Månen stod ret over mit hoved. Jeg tænkte på Malthe ...

En eneste nat. Blot en eneste nat ...

***

Jeanne har sagt op. Jeg spurgte om grunden, hun rystede på hovedet og svarede ikke. Hun var meget bleg, og jeg nænnede ikke at trænge ind på hende.

Det vil blive mig mere end svært at undvære hende.
På den anden side, hvorledes skal jeg binde hende, når
hun selv ønsker at komme bort? Penge frister hende
ikke. Vidste jeg, hvad det er, hun savner? Jeg har end
ikke spurgt, hvor hun vil hen.

***

Åh, jeg forstår hende. Det er blodets uro. Hun læn-
ges efter det, der er hendes behov som kvinde. Hun slår
øjnene ned, når jeg ser på hende.

Jørgen Malthe!

De er det eneste menneske, jeg har elsket. Og nu rejser jeg ved dette brev en uoverstigelig skranke mellem os. Jeg er ikke den, De har troet, og den, jeg er, kan De ikke elske.

Jeg er til mode som en forbryder, der har prøvet enhver udflugt for ikke at tilstå, men til sidst, efter truet og pint at have skreget sin brøde ud, fornemmer en uhyre lindring.

Jørgen Malthe, jeg har elsket Dem i ti år, så længe som De har elsket mig. Jeg har løjet for Dem, jeg har bedraget Dem, men jeg har været tro i min kærlighed.

Var jeg blevet længere i Richardts hjem, var jeg en dag kommet til Dem og havde bedt Dem tage mig til elskerinde. Ikke til hustru. Modsig mig ikke. Jeg véd bedre, jeg er den stærkeste af os to.

Jeg flygtede for Dem. Jeg flygtede for min egen kærlighed — jeg flygtede for min alder. Jeg er fyldt treogfyrre, ja, det véd De vel, og De er kun femogtredive.

Gennem frivillig given-afkald troede jeg at kunne besejre den forbandelse, alderen udøver over de fleste kvinder. Dette år har vist mig, man hverken undflyr eller narrer sin skæbne, thi man bærer den i sit hjerte, i sin natur.

Her er jeg, og her bliver jeg, til min tid er forbi, derfor er det så tåbeligt af mig nu at fremkomme med en bekendelse, der kun kan være Dem pinlig, men jeg får ikke ro, før det er sket.

Mit liv har været fattigt, og jeg har trådt på mit eget hjerte.

. . . .

. . . .

Så vidt jeg véd, var min far hæderligheden selv. Et uheld ramte ham, og hans tilværelse splintredes i et nu. Ved et pludseligt kasseeftersyn manglede der penge — et lån til en ven i nød — og far blev tvunget til at tage sin afsked. Han var dermed en stemplet mand udad til og indad til. Vi flyttede uden for byen, far og jeg, mor døde ved min fødsel, pensionen, som han ved en sær nåde fik lov at beholde, dækkede akkurat vore beskedne udgifter. Men far levede kun for sin skam, og jeg var ganske overladt til pigens omsorg. Gennem hende forstod jeg, at vor ulykke skyldtes mangel på penge. Og penge blev min afgud.

Jeg kunne grave en mønt ned — som en hund et ben — og om natten ikke sove af angst for ikke at finde den næste morgen. Stine fortalte mig, månen var af guld, og jeg klatrede op i et træ for at nå den, jeg faldt ned og forvred min fod, men udholdt smerten af frygt for, andre skulle gøre mig det efter og stjæle månen fra mig.

Jeg kom i skole. En kammerat sagde til mig: Du bliver nok gift med en prins, du er den allersmukkeste! Jeg bar ordene hjem til vores tjenestepige, hun nikkede: — Det har sin rigtighed, et kønt ansigt er mere værd end en skæppe guld!

— Kan man da sælge det? spurgte jeg, og hun lo: — Ja, mit barn, til den, der byder højest!

Fra den dag begyndte hin usalige dyrkelse af mit eget ydre, der optog hele min barndom og min første ungdom. For mig stod det at blive rig ikke blot som det højeste men som det eneste mål; og nu mente jeg selv at eje midlet til at nå målet. Tanken om penge blev en gift i mit blod.

I skolen var jeg flittig og artig, jeg indså, det var klogt, og det gjorde mig godt at mærke, hvorledes lærere og kammerater tog hensyn til mig for mit blotte ydres skyld. Jeg havde anlagt et beskedent væsen, som ingen gennemskuede. Hvert ord, der blev sagt om min skønhed, sugede jeg ind og opbevarede.

For at undgå fregner skyede jeg solen. Jeg samlede regnvand til at vaske mig i, jeg sov med handsker på. Søde ting, hvortil jeg følte stærk trang, gav jeg afkald på af hensyn til mine tænder. Timevis børstede jeg mit hår.

Hjemme fandtes kun spejl i fars sovekammer, hvor jeg aldrig kom, desuden hang det for højt. Mit lommespejl gengav kun et øje ad gangen. Så stor var min selvbeherskelse, at jeg overvandt enhver fristelse til at spejle mig i butiksruderne på min vej til og fra skole. Ikke til noget menneske betroede jeg min længsel efter et spejl.

Så meget mere overvældende var det, da jeg en dag efter skoletid fandt et stort spejl i forgyldt ramme hængt ind på mit værelse. Det var fars eget. Jeg fik frysninger og feber af bevægelse. Stine måtte lægge mig i seng. Men ud på aftenen, da alt var stille, stod jeg op, tændte min lille lampe og satte mig hen foran spejlet. Dér blev jeg siddende, til solen brød frem.

Spejlet blev min fortrolige. Det skabte den eneste form for glæde, min barndom kendte. Når jeg var hjemme, låste jeg døren og forblev ansigt til ansigt med mig selv. Jeg dannede mit smil. Jeg formede mit udtryk. Ofte overfaldtes jeg af skræk for at miste det, der var mere end "en skæppe guld" værd.

Jeg undgik kammeraternes kåde leg for ikke at få skrammer. Engang var jeg dog med til leg i en købmandsgård. Der stod mange vogne, og vi balancerede op og ned ad vognstængerne. Jeg faldt og jog et søm ind i min kind. Smerten var intet mod den vilde rædsel ved tanken om ar. Min nedtrykthed varede måneder, til en af mine lærere bemærkede, at arret ikke var til at skelne fra et smilehul.

Sad jeg foran spejlet, tænkte jeg kun fremefter. Barndommen var mig bevidst som en lang, besværlig vandring, der kun skulle foretages for at nå målet: rigdom! Mit eneste lykkebegreb.

I nærheden af mit hjem lå amtmandsboligen. Den hvide palæagtige bygning, hvis mure om sommeren var overgroet med glycener og klematis, forekom mig det største og fornemste i verden. Huset lå tilbagetrukket i en have med store grønne plæner og fritstående træer. Stedet var skilt fra vejen ved et højt jerngitter med forgyldte spidser.

Undertiden, når gitterporten var åben, blev jeg stående og så ind, og det var, som om huset kom mig nærmere. I kælderen var køkken, dernede så jeg tjenestepigerne med hvide blondekapper, for mig var det en umådelig finhed. Man sagde mig, at de gule gardiner for stueetagens høje vinduer var af silke. Ovenover var vinduerne oftest dækket af hvide skodder. Værelserne deroppe stod urørt, siden v. Brinckens hustru døde. Han førte ikke mere hus.

Det hændte, amtmanden, medens jeg stod og stirrede derind, kom ridende med tjeneren efter sig. Han hilste og henvendte gerne et par ord til mig. En dag slog tanken ned i mig med en sådan magt, at jeg uvilkårlig gav et skrig fra mig, så svimmel blev jeg: Der inde ville jeg bo. Som amtmandens frue.

Jeg havde målet foran mig, dag og nat. Alt andet var uvirkeligt.

Tilfældigvis erfarede jeg, at amtmanden var hyppig gæst i hjemmet hos en af mine kammerater. Jeg søgte hendes venskab; og vi blev uadskillelige. Skønt ukonfirmeret opnåede jeg indbydelse til en middag, hvor amtmanden var med.

Endnu var jeg fremmed for enhver erotisk fornemmelse, jeg kendte end ikke til sværmeri, men da han ved bordet ligesom undrende så over på mig, blev jeg urolig. Jeg følte ubehag, som havde jeg spist fordærvet mad. Ud på aftenen gav han sig i snak med mig, og jeg fik ham derhen, at han spurgte, om jeg ikke havde lyst at se hans have.

Et par dage efter aflagde han min beærede fader et besøg og hentede mig for at vise mig haven. Han behandlede mig som voksen. Medens vi gik om i den store have og varmehuset, hvor druerne just var modne, følte jeg mig allerede halvvejs som herskerinde. Det faldt mig ikke ind, min plan kunne strande.

Men da var jeg også delvis klar over, at hans person, eller vel snarere hans alder i forhold til min, indgød mig en art væmmelse. Der var, hans elegante skikkelse til trods, allerede noget gammelmandsagtigt over ham. Da vi kom ind i hans bolig, tog denne følelse til. Der var overalt høje spejle, og for første gang nød jeg mig selv fra hoved til fod — ved en gammel mands side.

Dette var indledningen. Året efter, da konfirmationen var overstået, blev jeg sendt til en pension i Genève, for hans penge. Jeg nærede intet øjeblik tvivl om, at frieri og ægteskab måtte følge på.

De andre pigebørn i pensionen var livsglade og fulde af sværmeri for naturen. Jeg var en stakkels automat, for mig havde hverken søer eller bjerge tiltrækning, jeg afventede kun som en anden salgsvare det øjeblik, hvor handelen går i orden.

To år senere ved min hjemkomst blev forlovelsen, forberedt gennem breve, fuldbyrdet. Hans første varsomme kys fik mig til at gyse, men jeg tvang mig til foran spejlet at tænke på hans kærtegn og endda bevare mit strålende smil.

Et par gange mærkede jeg, at han studsede, når han tilfældigt så på mig, men jeg tillagde ikke dette nogen vægt. En dag, brylluppet var allerede berammet, modtog jeg et brev, der begyndte med ordene: — Dyrebare Elsbeth, herved løser jeg dig fra dit løfte. Du elsker mig ikke, du véd ikke, hvad kærlighed er.

Dette brev kuldkastede alle mine fremtidsplaner. Men jeg kunne ikke og ville ikke gå glip af hans rigdom. Med en anspændelse, der var vold mod enhver fiber i mit legeme, besluttede jeg at tilintetgøre det indtryk, han havde modtaget af min holdning. Jeg lod ham forstå, at hvad han antog for mangel på kærlighed, kun var udslag af min ungdoms naturlige blufærdighed. Han gik i fælden. Vi besluttede at fremskynde brylluppet, og hans jubel over mig var grænseløs.

En dag var jeg hos ham for at træffe aftale om noget angående udstyret. Ved middagen drak vi champagne, og jeg, der ikke var vant til vin, blev meget oprømt. Jeg ligesom så det hele i et nyt og gyldent lys. Arm i arm gik vi gennem huset, han havde ladet tænde overalt. Vi kom ind i det værelse, der var indrettet til vort fremtidige soveværelse. Sagtens vildledt af min munterhed og måske selv opstemt af vinen, forglemte han sin vanlige varsomhed og kærtegnede mig med en voldsomhed, han ikke før havde tilladt sig. Lidenskaben fordrejede hans træk, han blev hæslig. Jeg prøvede at lade, som om jeg gengældte hans kys, men med ét kvalmede det for mig, og jeg faldt sammen i en art halvbesvimelse. Så snart jeg kom til mig selv, tog jeg forstanden fangen, og gav champagnen skylden for mit ildebefindende.

Han så alvorligt på mig og sagde med en stemme, hvis trætte triste klang jeg aldrig glemmer: — Ja, du har ret, du tåler ikke min champagne.

I den tidlige morgen bragte tjeneren to breve fra ham. Et til min fader, hvori v. Brincken skrev, at han så sig nødsaget til at give mig mit ord tilbage. Han led af en hjertesygdom, og en ny undersøgelse havde bevist, at det ville være uforsvarligt af ham at binde en ung kvinde til sig. Til mig skrev han: — Du vil forstå, hvorfor jeg giver din fader og alverden en falsk grund. Jeg ville begå sjælemord, hvis jeg tog dig, således som vilkårene er. Min kærlighed til dig er stor, men den er ikke stor nok til at overvinde din ungdom.

For hans penge blev jeg igen sendt bort, efter eget ønske til Paris. Dér traf jeg en ung kunstner. Havde jeg ikke på den usleste måde undertrykt alt, hvad der stod i modstrid til min pengetørst, var jeg vel kommet til at elske ham. I hvert fald vågnede mit hjerte. Men samtidig mødte jeg Richardt. Jeg forrådte mig selv, jeg fornægtede min første forelskelse, den, der kunne have reddet mig og gjort mig til et varmt levende menneske.

For øjnene af ham, der vakte min første bævende attrå, lod jeg, som om jeg droges af Richardt. Jeg var nu klog af skade, ikke to gange skulle mine planer mislykkes.

Min dybe fornedrelse består ikke i, at jeg solgte mig for penge, men deri, at jeg spillede den foragteligste komedie dage, måneder, år. Jeg, der overfor Richardt kun følte ligegyldighed parret med ubehag, jeg fingerede den store lidenskab. Dyrt, dyrt har jeg betalt mit guldbur på Gammeltorv.

Richardt er uden skyld, han kunne intet vide.

Det er så let, så sørgeligt let for en kvinde at spille kærlighedens komedie. Enhver klog kvinde véd, uden forklaring, gennem et usvigelig sikkert instinkt, hvorledes den mand er beskaffen, der skænker hende sin elskov. Og den mest glødende kvinde vil, om hun bruger sin forstand, agere koldsindig i forholdet til en koldsindig elsker. Og omvendt.

Jeg, Jørgen, jeg, for hvem der i lange år kun fandtes et eneste menneske, jeg selv, jeg har overfor Richardt været den elskerinde, hans lidenskab attråede.

De er mand, og De er ligetil, De gruer ved at høre dette, og De forstår det ikke.

Jeg tænker mig, at også De har kendt kvinder og ejet kvinder uden at elske dem. Men det er ikke det samme. Var det, ville min skam være mindre.

Jeg har ladet mine sanser opflamme, medens hjernen var kold, og hjertet krympede sig af lede. Jeg har bevidst misbrugt kærlighedens helligste ord over for en mand, der kun var mig kær i kraft af sine penge.

Samtidig var det, jeg udviklede mig til det lette verdensmenneske, alle anser mig for at være. Vi bærer, vi kvinder, hver sin maske, den, der er os bekvemmest. Min var mit smil. Jeg ville ikke gennemskues af andre. Det er sket, at jeg under en pludselig stilhed har hørt min egen latter, den også De fandt så stort behag i, at jeg har hørt den og gyst.

Ånej, sådan er det ikke. Sammen med Dem var jeg, bag masken, et levende menneske. De lærte mig at leve. De har set mine egne øjne, De har hørt mig le.

Vi to, Jørgen, vi har tilbragt så mange timer sammen, men vi har dog vist aldrig talt med hinanden. Vi kom ikke så vidt. Jeg husker så lidt af, hvad De har sagt, skønt jeg ofte prøver derpå. Hvormed tilbragte vi dog tiden?

De er den eneste, jeg har elsket . . .

Da vi mødtes, var De femogtyve år, så ung, og jeg otte år mere. Kærligheden opstod hos os begge i samme nu.

De vidste det ikke.

Fra det øjeblik var jeg en anden. Ikke en bedre men en anden. Tusind nye følelser opstod i mig, jeg så, jeg hørte, jeg sansede på en anden måde. Alle mennesker forandrede sig for mig. Jeg, der var ligegyldig over for andres ve og vel, begyndte at se for at forstå, jeg blev medfølende. Ikke over for mænd. Jeg forstår ikke mænd, det er min undskyldning for det spil, jeg ofte drev med dem. For mig var og er der kun én mand: Jørgen Malthe.

Dengang tænkte jeg ikke på aldersforskellen, vi var jo begge unge. Men De var fattig. Ingen, i hvert fald ikke jeg kunne ane, hvilken marskalstav De bar i Deres taske. Penge havde ikke bragt mig lykke, men fattigdom stod endnu for mig som den største ulykke, der kan ramme et menneske.

De fik Deres første store hverv overdraget, og jeg vovede at drømme for os begge. Det var ikke æren, jeg tænkte på, ikke berømmelsen, hvad angik domkirkens restaurering eller ikke-restaurering mig. Jeg foregav en glæde over Deres talent, som jeg slet ikke følte. Mit hjerte higede efter manden, elskeren i Dem, andet ikke. Og nu havde De en fremtid, nu kunne De skaffe penge til os. Men De selv, De var så ubekymret for penge, at jeg ræddedes. Min drøm ophørte, som en ild, der dør af mangel på næring.

Havde De foreslået mig at blive Deres elskerinde, intet, intet, intet havde afholdt mig derfra. Men De var for hæderlig til blot at undfange den tanke. Hvor skulle De også kunne det!

Jeg, som lod Dem tro, at jeg elskede min mand . . .

Jeg vidste jo, at den dag, mine følelser var Dem klare, ville De ikke tøve et nu men tage mig som Deres retmæssige ejendom, så ligetil er De, Jørgen Malthe.

Jeg lod lykken gå min dør forbi . . .

For to år siden døde v. Brincken. Han efterlod mig en anselig del af sin formue — og et brev skrevet hin nat efter vort sidste samvær. Nu havde jeg penge, nu kunne jeg gå. Deres udholdende følelser var mig borgen nok for fremtiden.

Et tilfælde rev mig ud af illusionen. En af mine bekendte, en jævnaldrende dame, der havde giftet sig med en ung officer, blev efter et års lykke ladt i stikken. I stedet for medynk opvakte hun kun latter.

Da var det, jeg tog min eneste store beslutning, at vige for min egen kærlighed.

. . . .

Jørgen Malthe, Dem skylder jeg de bedste timer i mit liv. Hine timer, hvor De viste mig udkast til den hvide villa. Jeg følte det kvalfuldt og dog som en usigelig lykke, at De, at De, kom til at mure mig inde i min ensomhed.

Jeg har brændt af længsel efter Dem, nu er jeg som en askehob. Vinden har spredt mine drømme.

Jeg lever, fordi det er langt fra mig at foretage nogen stærk handling. Jeg lever altså, og vedbliver at leve.

Vidste De, hvad der er gået over mig, og hvorledes jeg er kommet så langt ned, at jeg har kunnet skrive denne bekendelse, ville De foragte mig mere, end jeg kan bære. Der er tanker, som en kvinde end ikke formår at udlevere til den mand, hun elsker, om det så gjaldt hendes liv — og hans . . .

Det er nat, stjernerne står over mit hoved. Jørgen Malthe, hvad vil jeg Dem? hvorfor har jeg skrevet og skrevet alt dette? til hvad nytte?

Nej, nej . . . Og i al evighed nej.

Jeg kan det ikke. Aldrig skal du få det brev at læse, aldrig, aldrig. Hvad andet behøver du at vide, end at jeg elsker dig! At jeg elsker dig. Elsker dig . . .

Og nu vil jeg skrive til dig, ydmygt og stilfærdigt. Jeg vil sige dig, som det er: Jeg frygtede fremtiden, og at du skulle ophøre at elske mig. Derfor flygtede jeg. Jeg frygter endnu fremtiden, og at du skal ophøre at elske mig. Men al min modstand er brudt af det ene: Jeg elsker. For første, for eneste gang i mit liv.

Derfor beder jeg dig om at komme nu. Men nu. Du tør ikke vente en måned, ikke en uge. Du må komme nu. Medens lindene dufter. Hører du, Jørgen, hører du, nu, medens lindene dufter.

Og hvad du så bestemmer med mig og over mig, det bliver det ene afgørende.

Vil du have mig til hustru, da følger jeg dig som gamle dages kvinder fulgte deres herre og husbond i lydig glæde.

Men vil du eje mig kun for en tid, da gør jeg huset rede til min gæst.

Hvad du end bestemmer, for mig bliver det en lykke så stor, at jeg ængstes for, noget kan ske, der hindrer dens fuldbyrdelse.

Og lad så årene gå, lad så alderdommen komme. Inden den tid vil jeg af minder om dig og lykken have plantet mig en skov, hvori jeg trygt kan vandre og hvile resten af mit liv.

Solen skinner på ruderne. Det er, som om edderkopper har overspundet dem med deres regnbuefarvede lykketråde.

Du barn af en mand . . . Hvor jeg elsker . . .

Kom til mig og bliv hos mig — eller gå, når tiden er omme.

∗∗∗

Brevet er sendt. Jeanne er roet til byen dermed. Hun så på mig, da jeg gav hende brevet og bad hende skynde sig, at det kunne nå nattoget. Begge fik vi tårer i øjnene.
. .

Jeg vil ikke af med Jeanne, hendes plads er hos mig. Og ham. Jeg stod ved vinduet og så hende ro bort i den lille hvide båd. Hun trak så hårdt på årerne, blot hun har kræfter til at blive sådan ved. Der er langt ind til byen.

Aldrig har en aften været så stille. Alle ting hviler i sig selv. Der er højtid i himlen og på jorden. Jeg har vandret gennem skoven og over markerne, og jeg følte ikke, jeg gik. Blomsterne dufter stærkt. Jeg er så bevæget.

Hvor er det muligt at sove? Jeg synes, jeg må våge og vente, til brevet er i hans hånd.

Nu bæres det afsted gennem den stille, stille nat, til ham . . . det længes som jeg.

Så blev jeg da ung igen . . . Ja, jeg er ung, ung . . . Se, natten er ganske blå. Ikke en åleblusser er ude.

Blev dette end min sidste nat, jeg skulle ikke klage. Jeg føler min lykke så nær, at hjertet åbner sig og drikker som blomsternes porer, når duggen falder.

Alt det, som var, er ikke mere. Jeg er Elsbeth Bugge, og jeg står endnu på tærsklen ind til det store, skønne liv.

***

Han kommer. Med morgentoget kommer han. Jeg synes, det er alt for hurtigt. Havde han blot ventet et par dage. Jeg må dog samle mig først. Der er så meget . . .

Hvor mine hænder ryster.

***

Jeg går med telegrammet inde på brystet. Og nu er jeg ganske rolig. Hvorfor vil Jeanne så have mig i seng? Jeg er jo ikke syg.

Jeanne siger, det nytter ikke at sætte blomster i vaserne før straks i morgen, ellers taber de sig. Men kan jeg stole på, Torp sørger for at have mad i huset? Det løber rundt i mit hoved. Græsset trænger til at slås. Og hækken . . . åh, jeg er dum, som om han ser på græs eller hæk . . .

Jeanne spørger, hvor "herren" skal ligge, og jeg kan ikke bekæmpe rødmen. Nu reder hun op i det lille værelse i gavlen. Der er mest sol.

***

Jeanne læser mine tanker. Hun har foreslået at bo nede hos Torp, "sålænge vi har gæster".

***

Jeg har begyndt på et langt brev til Richardt, og tiden er gået så godt dermed. Gid han dog snart fandt sig en eller anden lille skabning, der kunne forsøde ham tilværelsen. Det kære menneske. Jeg synes ligefrem, jeg er kommen til at holde så meget af ham i disse dage.

***

Vi vil rejse. Jeg har jo ikke set noget på mine mange

rejser. Jørgen skal vise mig verden. Alle de steder, hvor han har været alene, vil vi hen sammen . . .

Hvor jeg forstår den vantro Thomas, heller ikke jeg tør tro, før jeg ser.

Jørgens hoved er så stort — jeg synes, jeg kan føle det mellem mine hænder.

***

Torp foreslår mig konferensrådens menu, da prins Valdemar var gæst. Ja, kan hun skaffe den med det varsel, så lad hende kun muntre sig med telegrafen. Jeg er ikke bange for at hjælpe til. Røre mayonnaise kan jeg da . . .

***

Det var også dumt, jeg gav Lili mine lalique-kamme! Kunne jeg blot være bekendt at forlange dem tilbage! Jørgen er så vant til dem, han vil straks savne dem.

Jeg har alle mine kjoler fremme, men jeg kan ikke beslutte mig. Jeg kan jo ikke møde frem i middagstoilet om morgenen, og en hvid kjole — i min alder! Hvorfor ikke? Netop en hvid. Den hvide med madeirabroderierne. Og den klæder mig. Jeg har ikke båret den, siden han besøgte os på landstedet. Den er en smule gulnet af at ligge, men det ser han ikke.

***

I nat vil jeg sove. Jeg vil sove som en sten og stå op og tage mit bad og gå en lang, lang morgentur — og når jeg kommer tilbage, vil jeg sidde og se ud over vandet, til jeg ser den hvide båd . . .

***

Jeg måtte tage sovemidler, men sovet har jeg da, hele elleve timer, fra ni i aftes. Gartneren er roet ind, jeg har to timer til at klæde mig på.

Men jeg véd ikke, hvad det er, nu jeg er lykken så nær, bliver jeg bange ...

***

Jeanne råder mig til at lægge rødt på kinderne. Nej, Jørgen elsker mig, som jeg er.

***

Han vil le ad mig, når han hører, jeg har grædt, fordi den hvide kjole ikke mere passede mig. Det er min egen skyld. Jeg har fået for lidt motion. Men det er mig en stor skuffelse. Mine andre hvide klæder mig langtfra som den.

***

Jeg ser båden ...

Han kom med morgentoget. Han rejste med aftentoget. Det er to dage siden, og jeg har ikke sovet. Jeg har heller ikke tænkt. Der er tid nok til at tænke.

Han rejste med aftentoget. Jeg blev forskånet for den nat. Hans brev har jeg brændt. Ikke et ord kunne det sige mig, som jeg ikke vidste. Ikke en smerte kunne det tilføje mig, som jeg ikke allerede føler.

Eller føler jeg smerte? Er jeg ikke snarere blevet følelsesløs? Engang var månen selv en sol. Dens indre ild fortærede den. Nu er den kold og stivnet, dens lys er kun et genskær, et bedrag.

Jeanne har bedt, om hun må blive hos mig nu og altid. Nu og altid.

Men hvad skal jeg med hende? Kan jeg begynde forfra efter det, som er sket?

Hans første blik sagde mig det. Han slog øjnene ned af frygt for at såre mig mere. Og så fej var jeg, at jeg tog imod alle hans ømme ord uden at bryde ham af. At jeg tog imod hans kærtegn ...

Men da vore blikke anden gang mødtes, vidste vi begge, at alt var forbi.

Mennesker taler om at græde blod. Jeg tror, vi smilede blod, vi to, i de timer, han var under mit tag.

Og da vi sad overfor hinanden ved bordet, tavse,

som ved et dødsleje ...

Kun når Jeanne bød om, prøvede vi at tale.

Da vi skiltes, sagde han: — Jeg føler mig som den usleste forbryder! Han har jo intet forbrudt. Han har elsket mig, og han elsker mig ikke mere. Det er alt.

***

Men jeg holder ikke ud at være her efter dette. Alt her minder om min forventnings glæde. Alt her minder om mit nederlag.

Hvorhen skal jeg gå for at skjule min skam?

***

Richardt ...

***

Ville det ikke være for gement? Skønt hvorfor? Og han har jo mit løfte: Hvis jeg fortrød min eneboertilværelse.

***

Ja, jeg vil skrive til ham. Men først må jeg komme til kræfter. Jeanne går lange ture med mig. Vi taler ikke sammen. Vi har ikke noget at sige hinanden, men det gør mig godt, at hun er trofast.

Kære Richardt!

Det er snart længe siden, jeg skrev, men heller ikke du har været alt for flittig i denne sommertid, så det går vel lige op.

Jeg tænker ofte på, hvordan du i grunden har det i *din* ensomhed. Om du holder ud at bo på landstedet og tage til byen hver dag, eller om du ikke snarere i lighed med de fleste af de kære herrer mænd nøjes med at tage ud fra lørdag til mandag.

Hvis jeg ikke var kemisk blottet for misundelse, ville jeg for resten misunde dig dit nye automobil. Egnen her er så skøn, men lade sig skumple rundt i en karosse foret med snavset og hullet fløjl, det frister mig jo ikke. Nu kunne det ligne dig, min egen ven, at sende mig både automobil og chauffør på halsen, men lad for himlens skyld være, det var ikke meningen.

Fortæl mig dygtig meget bynyt, jeg følger med i bladene, så godt jeg formår, men der er jo de ting, som ikke kommer i avisen. Fremfor alt fortæl om Lili, hvordan det går med hende. Ventes hun snart hjem? Har du indtryk af, det er nogen større skandale udadtil? Folk snakker vel, men de glemmer så snart igen.

Ja, nerveklinikker er godt for meget. Men jeg synes jo, den gode Hermann Rothe tog for stærkt på vej. Mig er han sagtens rasende på, for jeg sagde ham min lille mening med rene ord. Naturligvis begreb han ikke en tøddel, men jeg fik ham dog til at indse, Lili ikke havde "bedraget" ham i alleregentligste forstand. Og det er derpå, det kommer an for folk af hans slags.

Jeg mener nu Lili selv var sluppet tyvefold lettere over det, hvis hun havde været manden utro på almindelig vis.

Men for at komme tilbage til mig: Du aner ikke, hvilket fuldendt forretningsgeni verden er gået glip af i mig. Jeg ikke blot får mine penge til at slå til her — jeg, med mine nytårsregninger — men jeg har et overskud så stort i det rene røde guld, at jeg næsten kan fylde et strømpeskaft dermed. Og jeg fører regnskab. Tænk dig, Richardt, jeg fører regnskab!

Hver mandag formiddag stiller Torp med tavle og bog, og så skal det stemme på en øre.

Jeg bader en til to gange om dagen i mit eget lille bekvemme badehus. Og om aftenen ligger jeg og ror i min egen lille hvide båd. Her er så pillent og fint, at din propre sjæl ville fryde sig ved synet. Her slæber jeg ikke grus ind fra haven, kan du tro, som på landstedet til din evige, men hensynsfuldt tavse sorg. Og her står bøgerne efter en snor. Du ville ikke finde et støvfnug på urette plads.

Gartneren, jeg skrev om fra Frijsenborg, er naturligvis kæreste med Torp, og jeg venter at blive indbudt til bryllup i nær fremtid. Forresten er han ganske flink, og mine grøntsager er hævet over al kritik. Jeg havde gerne selv "lagt kyllinger til", men Torp er så bange for hønselopper, at hun bad sig fritaget. Nu får vi dem fra skolelærerens, og det er lige alt, de kan ruge ud, hvad vi kan spise.

Jeg har fået en idé, som vil glæde dig, Richardt.

Du skal komme og besøge mig. Uden forbindende, begriber du vel. Bare et lille hyggeligt samvær, en opfrisken af gode og dårlige minder. Jeg tørster efter at tale med et menneske. Og hvem står mig nærmere end du?

Men gør mig den tjeneste at komme i al stilfærdighed. Ingen behøver jo at vide, du besøger din fraskilte hustru, vel? For selv om vi har lov at arrangere os efter eget tykke, er det meningsløst at udæske snakken.

Hvem véd, måske kommer den tid, da jeg gør gengæld og indfrier det løfte, jeg gav dig den sidste aften, vi var sammen. Når to mennesker har haft det som du og jeg, er al tale om skilsmisse kun ord. Man skilles ikke efter toogtyve års ægteskab. Selv om man lever hver for sig.

Men hvorfor tale om fremtiden. Nutiden står os nærmere og morer mig mere.

Kom altså, min egen ven, og jeg skal tage imod dig, så du ikke fortryder din rejse.

Jeg havde i forrige uge et ganske flygtigt besøg af Jørgen Malthe. Han var ovre for at se på nogle kalkmalerier her i nærheden, og så kom han uanmeldt og tilbragte nogle timer hos mig. Jeg må sige, jeg fandt ham forandret — og ikke til sin fordel. Mon det menneske dog ikke slider sig op før tiden?

Hvis du træffer ham, skal du ikke sige, jeg har omtalt hans besøg. Det faldt lidt pinligt ud. Måske var jeg også noget nervøs. Når man et helt år har levet uden samkvem med yderverdenen, bliver man let forvirret bare ved synet af et levende væsen.

Giv din chauffør ordre til at holde sig rede. Skulle du finde særlig behag i egnen her, kan du jo kalde ham over ekspres.

Hindrer fabrikken dig i at rejse nu, eller har du truffet andre dispositioner, sender du mig blot to ord.

Ellers på gensyn

din Elsie,

der måske alligevel ikke egner sig for eneboertilværelsen.

Det vover han! . . . Så har al hans længsel og alle hans jeremiader vel været det rene komediespil! Han har måske oven i købet frydet sig, da jeg gik . . .

Nej, den hån, den hån! . . .

Elsie Lindtner, véd du af, at du i samme år og samme måned har tilbudt dig til to mænd og er blevet forsmået af dem begge? . . .

Og nu er der ingenting mere. Medmindre han skulle fortryde . . . Naturligvis fortryder han, men så er det for sent. Så er det for sent, min kære Richardt.

At han vovede det! At han vover det! At lade mig efterfølge af en bachfisch på nitten år! Han gør sig jo til nar for den ganske by. Det bliver hans sag. Men han gør mig til nar, og jeg kan ikke hindre det.

Med mig er det forbi, jeg har kun hurtigst muligt at komme bort og udslette sporene efter mig. Men jeg må have en sortie. Jeg kan ikke udholde den tanke, at nogen — fremfor alle Richardt — skal ynke mig.

Hvor har jeg spillet mine kort elendigt! Og jeg, som mente at have en god forstand . . .

Ved gud, jeg forstår de kvinder, der kaster hinanden vitriol i ansigtet — selv om jeg desværre er for velop-dragen til slige pludseligheder. Men havde jeg hende her, den, jeg véd ikke hvem, jeg skulle måle hende med mit blik, så hun ikke glemte det . . .

***

Jeanne har indvilliget, så er der kun at få det brev skrevet; og så af sted.

Kæreste Richardt!

Som jeg har moret mig over dit brev! Og glædet mig på dine vegne. Du kunne ikke have sendt mig et bedre budskab. Herefter behøver jeg ikke mere at have samvittighedsnag for din skyld, men kan af hjertens lyst nyde min frihed og disponere over den, som jeg selv synes.

Til lykke, min egen ven! Nu må vi jo håbe, at "hun vil", for du véd, pigebørn i den alder har det med luner. Men du er jo ikke blot en smuk mand i dine bedste år, du er også et særdeles fint parti. En nittenårig skønjomfru i vor tid er næppe blind for det. Du skal se, det går.

Jeg aner jo ikke, hvem hun er, og priser din diskretion — du er og bliver dig selv — men ét forbereder jeg dig på, Richardt, du får et endeløst arbejde med at "gøre orden" efter hende. Jeg sætter, hun kører på cykel og lægger cigaretaske i dine tiffanyglas, at hun hader galosjer og lange kjoler — at hun elsker at lege flytteleg. Og i så fald får hun jo noget at lege med i dit store hjem.

Jeg håber da, du holder hende så meget i ørene, at hun ikke vrænger ad din "gamle kone" og tror, det er min smag, der har været den gældende. Kære ven, jeg ser dig med barnevogn! Husker du den lystige historie om grosserer Bang, der giftede sig i en høj alder og fik børn, der kaldte ham "bedstefar" — — — Nå, du er jo virkelig i dine bedste år. Dine vordende børn vil snarere bruge dig som bonkammerat.

Du ser, jeg er helt kåd af overraskelse og fornøjelse. Lod det sig gøre, ville jeg overmåde gerne med til brylluppet, men et sådant brud på al tradition ville du næppe tilstede. Ligge på landet hos mig kunne I nu da godt, af og til. I dybeste gedulgthed.

En af mine første tanker var, må jeg tilstå: mon hun kan klæde sig? Mon hun kan sætte sit hår? For véd du, de fleste unge sjæle inden for vor kreds tillader sig nu det utrolige i retning af tjavser og mærkelige gevandter. Men jeg stoler på dit sikre blik, og går bryllupsrejsen til Paris, får hun jo gode eksempler for øje.

Nu forstår jeg bedre, hvorfor monsieur blev så mat til at skrive. Det har vel stået på det meste af sommeren? Eller er det "love at the first sight", opstået i toget mellem Hørsholm og Helsingør? Ja, jeg spørger bare, men du behøver ikke at svare.

Af dit brev ser jeg, at du har siddet og rødmet, da du skrev det. Alle ordene er så dødelig forlegne. Som om du skyldte mig regnskab, eller frygtede, jeg skulle optage det forkert. Jeg har, kan du fortælle den lille dame, allerede drukket jeres skål i champagne, med mig selv forstår sig. Det var alt for morsomt.

Under disse omstændigheder synes jeg ikke, du bør tage ned til mig. Skønt jeg jo unægtelig ville give meget til at se dit af en ny lykke foryngede kære ansigt. Men det ville ikke være klogt. Du véd, en ung pige er sværere at passe på end en hel sækfuld af de små hoppende dyr, der er mit alt for røde blods rædsel.

Desuden har jeg fået en idé, som i den grad brænder min hjerne, at jeg næsten ikke kan vente en dag mere med at føre den ud i virkelighed.

Gæt, min egen ven, gæt! Jeg vil rundt om jorden. Hverken mere eller mindre. Jeg har alt skrevet til Cooks bureau og venter i største utålmodighed svar på alle mine forespørgsler om rute, pris osv.

Alene rejser jeg ikke. Dertil drister jeg mig ikke. Jeg tager Jeanne med mig. Skulle rentepengene ikke slå til, hvad de vist ikke tænker på at ville, tager jeg lidt op af kapitalen og suger på labben senere. Kom ikke med nye generøse tilbud, du har aldeles ikke lov mere at ødsle penge bort på "damer". Husk det, Richardt!

Den hvide villa lukkes og skoddes, den løber ikke sin vej og spiser ikke brød de år, jeg er borte. For resten er det muligt, jeg herefter deler mig mellem den og de store byer i udlandet, således at jeg kun tilbringer sommeren her.

Jeg sender sammen med dette brev en lille brudegave til din nye veninde, du behøver jo ikke at sige, hvem den er fra. Unge piger er altid som ravne efter smykker, og jeg går dog ikke mere med diadem i håret. Det var din første overvældende gave — jeg var såmænd så optaget af den, at jeg ikke hørte et ord af præstens efter andres sigende meget velformede tale.

Du har dog, håber jeg, den takt at fjerne de alt for mange billeder af mig, du har hængende på dine vægge. Lad dem bortlodde til fordel for unge fattige malere, så gør de deres gavn. Ellers risikerer jeg, at min efterfølgerske går rundt og stikker øjnene ud på dem.

Finder jeg i Japan nogle særdeles smukke vaser eller broderier, skal jeg erindre din passion —.

Lad mig din bryllupsdag vide, — min bankier er altid vidende om, hvor jeg er — men ud over det, skal du ikke skrive. Herefter bør du ene og alene hellige dig dit nye kald som ung ægtemand.

Du glemte helt at besvare mine spørgsmål om Lili, jeg går derfor ud fra, alt står nogenlunde vel til. Hils hende meget. Og vær selv mangfoldigst hilset fra din både forhenværende og nuværende

Elsie Lindtner.

Det med navnet er jo det værste. Men jeg har ikke rigtig lyst til at tage mit pigenavn igen. Elsbeth Bugge forekommer mig som en overgroet grav på en kirkegård.

Nå, du er jo hverken den første eller den sidste, der har flere koner spadserende om. Og jorden er jo forholdsvis stor.

Den farlige alder er første del af en dobbeltroman.
Anden del hedder *Elsie Lindtner.*